Mahi Binebine ist Marokkaner. Er ist Maler und stellt seine Bilder in New York und Paris aus. *Mamayas letzte Reise* ist nach *Der Schlaf der Sklavin* sein zweiter Roman.

Von Mahi Binebine ist außerdem erschienen:

*Der Schlaf der Sklavin* (Band 65032)

Deutsche Erstausgabe Juni 1997

Titel der Originalausgabe: »Les funérailles du lait«

Originalverlag: Editions Stock, Paris
Umschlaggestaltung: Angela Dobrick, Hamburg
Umschlagillustration: Britta Lembke, Hamburg
Satz: Ventura Publisher im Verlag
Druck und Bindung: Ebner Ulm
Printed in Germany
ISBN 3-426-65083-5

2 4 5 3 1

Mahi Binebine

# Mamayas letzte Reise

Roman

Aus dem Französischen von Eliane Hagedorn,
Barbara Reitz; Kollektiv Druck-Reif

Knaur

*Für Réda,*
*»das Kind, das durch ein*
*Wunder geheilt wurde«.*

# Kapitel 1

Sie ist da. Und dennoch ist sie abwesend. Sind es ihre erloschenen Augen, die ihr Gesicht so blaß, so müde wirken lassen? Eine gewisse Gleichgültigkeit hat sich ihres Geistes bemächtigt. Und auch ihrer Gesten. Das ist sicherlich über Nacht geschehen. Im allgemeinen altert man immer über Nacht!

Doch sie ist da. In ihren aschgrauen, wollenen Morgenrock gehüllt sitzt sie in einem tiefen Sessel. Der Kater zu ihren Füßen ist ebenso aschgrau wie der Morgenrock. Er liegt so regungslos da, daß man ihn für ausgestopft halten könnte. Eine eigenartige Raubkatze! Seit jenem Tag, da Mamaya aufgehört hat, mit ihm zu sprechen, weigert er sich, das Zimmer zu verlassen. Mamaya hat überhaupt aufgehört zu sprechen. Trotzdem bleibt der Kater hartnäckig da. Über die Herrin zu wachen ist eine heilige Pflicht. Das wissen die Tiere ebenso wie die Dienstboten. Keine Schabe, nicht einmal eine fliegende, würde durch den Türrahmen gelangen. Mamaya kann friedlich schlummern. Ihr Kater liegt zu ihren Füßen. Wachsam!

Die alte Frau weiß, daß er sie nie im Stich lassen würde: Er ist ihr zu ähnlich! Und das sicherlich nicht nur weil er auf seine Portion Hackfleisch wartet, die sie ihm übrigens, wie jeden Mittag, auch heute geben wird, ohne daß das Dienstmädchen etwas davon merkt. Und selbst wenn sie schimpft. Ihre salzlose Schonkost teilt Mamaya mit wem sie will, und wenn sie Lust hat, setzt sie dem Kater sogar das ganze Essen vor! Wenn das Dienstmädchen ihr schüchtern Vorwürfe macht, hört sie nicht hin. Sie hört auf nichts und auf niemanden. Wenn man zu schweigen beschließt, wird man auch taub und blind. In gewisser Weise ist man tot. Doch da der Tod, der wahre Tod, säumig ist, sucht Mamaya ihn dort, wo er sich versteckt: in den finstersten, entlegensten Winkeln der Abwesenheit. Und sie wird diesen Tod aufspüren. Sie wird ihn nicht fürchten. Im Gegenteil, sie wird ihm folgen, ohne Fragen zu stellen, ebenso wie sie einst dem Schulmeister Sidi Magdoul, dem Vater ihrer Kinder, gefolgt ist.

Kurz vor sechs Uhr ist Mamayas Abendessen fertig. Johara beobachtet, das Tablett in den Händen, die Wanduhr. Sie wartet. Unablässig wandert ihr Blick zwischen der dampfenden Suppe und den Zeigern hin und her, sie läßt das Pendel nicht aus den Augen. Der Regen fällt auf den Garten. Im April fällt der Regen so dicht. Johara hört, wie er gegen die Fensterläden schlägt. »Soll er nur trommeln, soviel er will«, denkt sie. »Die Fenster haben wir schon vor Jahren abgedichtet. In unserem Alter ist Zugluft gefährlich. Schlimmer als ein Messer!« Soll es nur regnen. Der kahle Mandelbaum – der einzige Baum, der Mamayas Gärtchen ziert – wird sich nicht darüber beklagen. Von den Rosen, die ihn einst umgaben, sind nur noch hier und dort versengte Stengel übriggeblieben und von der Bougainvillea, die das Haus umrankte, nichts als ein Wald von Dornen, der die abgeblätterte Fassade noch schwärzer wirken läßt. Die Sonne ist unerbittlich, sie verschont nichts. Ganze Jahre waren verstrichen, ohne daß eine einzige schwarze Wolke die Dächer überschattet hatte.

Und heute war plötzlich entgegen allen Erwartungen die

Stadt unter einer dichten Wolkendecke erwacht, sie tauchte aus ihrer Lethargie auf und nahm freudig den Regen hin, der sich über ihr entlud; der Himmel öffnete seine Schleusen und grollte, dann beruhigte er sich, wie jemand, der nach einem Streit Vergebung gewährt und sich erleichtert fühlt, weil er sich alles von der Seele geredet hat. Plötzlich regnete es in Strömen, und alles erwachte zu neuem Leben. Die Menschen waren wieder fröhlich: Ihre Bitten um Regen waren nicht vergeblich gewesen. Da sie ihre Gebete jeden Freitag wiederholt hatten, hatte Gott sie letztlich erhört. Also ist Gott, egal, was die Bauern sagen, doch nicht taub – wenngleich er manchmal stumm ist.

Das Uhrwerk funktioniert seit ewigen Zeiten nicht mehr richtig, und Johara hat noch immer nicht das Geheimnis der Zahlen erkundet, also wartet sie geduldig, bis der große und der kleine Zeiger übereinander stehen. Mamaya muß ihre Tabletten um Schlag sechs Uhr einnehmen, der Arzt war in diesem Punkt sehr bestimmt gewesen. »Es könnte schlimme Folgen haben, wenn sie es auch nur einmal vergißt … sehr schlimme; wenn sie sich weigert, muß man sie zwingen!« hatte er gesagt, als er sich von dem Dienstmädchen verabschiedete. Das vergißt sie nicht! Die Anordnung des Arztes war ihr die ganze Nacht über im Kopf herumgegangen, und sie hatte leise geweint. Es war ein Wunder, daß Mamaya am nächsten Morgen nicht ihre geröteten, geschwollenen Augen bemerkt hatte.

»Es ist Punkt sechs Uhr«, verkündete Johara, als sie das Zimmer betrat. Ihre üppige Brust schwebte drohend über dem Kater. Minouche sprang auf und verschwand,

nicht ohne am Fuß der Dienerin entlangzustreifen. »Mistvieh«, schimpfte sie wie üblich und stellte das Tablett auf dem kleinen runden Tisch ab, schob ihn an Mamayas Sessel und begann, das Fleisch zu schneiden. »Die Lauchsuppe riecht gut, Madame! Ich habe sie mit einer Prise Salz gewürzt. Unser Doktor erfährt es ja nicht. Mein Gott, würde er schimpfen, wenn er es wüßte ...«
Mamaya hob den weißhaarigen Kopf und zwang sich zu lächeln. Das Dienstmädchen wandte sich zu dem Kater um:
»Verschwinde! Los, ksch! ksch!«
Mamaya protestierte, indem sie mit ihrem Löffel an den Tellerrand klopfte, und sogleich änderte Johara den Ton.
»Nun komm schon, mein Schöner, du weißt ganz genau, daß du haarst! Und ich habe nicht mehr die Kraft, die Teppiche aufzunehmen oder gar auszuklopfen!« Doch insgeheim dachte sie: »Selbst auf meinem Totenbett werde ich noch in der Lage sein, dich zu prügeln, du Mistvieh!«
Minouche wußte, daß ihm in der Nähe seiner Herrin keine Gefahr drohte, schnurrte unbeirrt weiter und genoß es sichtlich, die Dienerin zum besten zu halten. »Warte nur! Irgendwann wirst du dein Versteck schon verlassen! Früher oder später wirst du mir in die Hände fallen! Und du kannst sicher sein, an diesem gesegneten Tag werde ich dafür sorgen, daß du dein schönes graues Fell verlierst! Ich werde dir die Haare einzeln ausreißen, und wenn du gerupft bist wie ein Huhn, werde ich dich mit eiskaltem Wasser übergießen ... Du wirst deinen Lohn schon bekommen ... mein Schöner!«

Mamaya spült ihre Tabletten mit einem Schluck Sirup herunter, den sie direkt aus der Flasche trinkt, da ihre zittrigen Hände Mühe haben, den Löffel zu halten. Das Dienstmädchen verzieht das Gesicht, als würde das bittere Gebräu durch ihre eigene Kehle rinnen. Erleichtert verläßt sie das Zimmer und setzt sich auf ihren mit Schaffell bezogenen Hocker aus Dumpalmenholz, der an der Eingangstür steht. Von dort aus (denn dies ist ihre Ecke) hat sie Tag für Tag die Geschichte mitangehört, die Mamaya dem Kater so gern erzählte. Dabei kannte sie sie genau. Auch sie hatte eine Rolle in dieser Geschichte gespielt. Natürlich nur eine untergeordnete, aber immerhin. Sie hatte die Geburt der sieben Kinder miterlebt. Sie hatte sie gewickelt, geschneuzt, verhätschelt und ihnen sogar heimlich die Brust gegeben, obgleich diese nie Milch gehabt hatte. Ah! Wenn Minouche verschwinden würde … Dann könnte sie vielleicht seinen Platz einnehmen. Sie, Johara, das einfache Dienstmädchen, würde vielleicht endlich Madames Vertraute werden! Welch ein Glück! In aller Offenheit seine Meinung zu diesem oder jenem Ereignis kundtun zu können. Eine weit zurückliegende Erinnerung zu bestätigen oder zu entkräften, die sicherlich zu vage, zu ungenau wäre, so daß sie einer Klarstellung und genauerer Einzelheiten bedürfte, ihr das Wie und Warum der intimsten Geheimnisse entreißen. O ja, sie würde schallend lachen, wenn es lustig wäre, und bittere Tränen vergießen, wenn Mamaya von dem Abwesenden sprechen würde … Ah, wenn dieser Kater endlich sterben würde … Aber man darf sich in bezug auf diese Viecher keine Illusionen machen. Wenn man den Leuten Glauben schenkt, haben sie sieben

Leben. Sieben Ersatzleben. Nicht totzukriegen! »Ja, Madame, dieses Mistvieh wird uns beide überleben, um dann unsere Gräber zu schänden und unsere sterblichen Überreste zu verschlingen!« Das weiß Johara genau von der heiligen Chaïbia. »Ja, Madame, das Dienstmädchen der Nachbarn. Eines Tages hatte sie ihrer Katze eines der Jungen aus dem Maul reißen müssen! Wenn es so weit kommt, daß man seine eigene Brut frißt, dann behaupte ich, daß man auch keine Skrupel hat, seinen Herrn zu fressen, und erst recht nicht ein armes Dienstmädchen!«
Minouche, der nichts von der Bedrohung ahnt, die über ihm schwebt, fängt ein Stück Fleisch auf, das Mamaya ihm zuwirft, zögert mit aufgestellten Schnurrhaaren einen Augenblick, sieht zur Tür und verkriecht sich unter der Matratze. Nur der buschige Schwanz schaut noch unter der Tagesdecke hervor, um bald darauf ebenfalls zu verschwinden.

Sitzen. Immer nur sitzen.
Es gibt keine Ausflucht für ihre erloschenen Gedanken. Außer der gelben Tapete mit den schwarzen Kleeblättern und dem schwatzhaften Dienstmädchen.

# Kapitel 2

Der Bauernhof, auf dem sie aufgewachsen ist, liegt etwa zwanzig Meilen nördlich: ein Geschenk der Kolonialherren an die folgsamsten Eingeborenen. Zu denen hatte auch ihr Vater gehört ... nach langem gutem und loyalem Dienst in der Armee und zahlreichen Kriegen – immer in vorderster Front! Übrigens hatte er nie gewußt oder verstanden, worum es bei diesen Auseinandersetzungen ging. Zu kompliziert für den Schädel eines Bergbauern. Doch das war unwichtig: Im Gegensatz zu vielen anderen Dorfbewohnern hatte er das Glück gehabt, von den Seinen umgeben in seinem Bett zu sterben und in Sidi Boulghmour, der Kubba seiner Vorfahren, beerdigt zu werden, direkt neben dem großen Raum, in dem der Marabut (in Person) ruht.
Letzten Monat hatte sich Mamaya zum Entsetzen des guten Doktors entschlossen, eine Pilgerreise dorthin zu unternehmen. »Aber das ist purer Leichtsinn! In Ihrem augenblicklichen Zustand könnte sich eine solche Reise als äußerst gefährlich erweisen ...« Johara stand mit bedrückter Miene hinter dem Sessel ihrer Herrin und nickte schweigend. »Wenn zu den Atmungsschwierigkeiten, unter denen Sie erst kürzlich gelitten haben, noch ein Sonnenstich kommen würde! Das wäre wirklich ... nennen wir die Dinge ruhig beim Namen: Es wäre Selbstmord! Jawohl, Madame! Eine Brustamputation ist keine Kleinigkeit ... und Sie sind noch in der Genesungsphase!«

Mamaya spielte zerstreut mit dem Stern an ihrer Halskette. Ein kleiner goldener Stern. Doch ihr hartnäckiges Schweigen verriet, daß sie nicht von ihrem Vorhaben abzubringen war. Das wußte das Dienstmädchen, und es hatte Angst davor. Als Johara den Doktor zur Tür begleitete und eine Weile mit ihm auf der Steintreppe stehenblieb, wirkte sie niedergeschlagen.

»Es ist erst zwei Monate her«, sagte Doktor Perez, »daß wir zusammen nach Casablanca gereist sind. Ich sehe sie noch vor mir, wie sie im Krankenwagen lag und nach Luft rang. Nicht eine Sekunde habe ich ihre Hand losgelassen. Sie war heiß und fiebrig. Ich, der Alte von gestern, wie sie mich von Zeit zu Zeit gerne nennt, bin in Panik geraten wie ein Anfänger. Ich wollte ihren Puls nicht entkommen lassen, ich spürte, wie er unter meinen Fingern dahinglitt, und hielt ihn, so gut ich konnte, zurück, versuchte ihn dem meinen anzugleichen, der doch auch schon recht schwach geht.«

»Möge Gott Sie schützen, Herr Doktor«, murmelte das Dienstmädchen, »möge Gott Sie schützen!«

»Jetzt kann ich es Ihnen ja sagen, Johara, ich hatte Angst, daß wir nicht rechtzeitig ankommen würden. Sie war so schwach!«

Das Dienstmädchen ergriff die Hand des Arztes und bedeckte sie mit Küssen.

»Während ihres Aufenthalts im Krankenhaus war sie nicht gerade einfach, Sie kennen sie ja. Und doch habe ich mich all ihren Launen gefügt. All ihren Launen. Sie hat von mir verlangt, daß ich die Sache verschweige und die Kinder erst nach dem Eingriff verständige. Ob das wirklich vernünftig war? Später hat sie sich dann geweigert, die Bettücher, Kopfkissen, Decken und das Geschirr des Krankenhauses zu benutzen, sie hat behauptet, daß ihnen noch der Schmerz anderer Patienten anhafte!«

»Ah ja, ich kenne sie gut, Monsieur, sie war immer ein wenig eigen ...«

»Und wieder habe ich alles Menschenmögliche getan, um sie zufriedenzustellen. Die Krankenschwestern und Pflegerinnen, alle Welt hat mich schief angesehen, dabei bin ich doch mit Leib und Seele Arzt. Ich habe schlaflose Nächte an ihrem Bett verbracht ...«

Johara bedeutete ihm, leiser zu sprechen, denn die Nachbarin von gegenüber, die rein zufällig vor ihrer Haustür fegte, spitzte die Ohren.

»Schlaflose Nächte, ja, weil ich Angst vor einem Rückfall oder einem Zwischenfall hatte. Ich habe ihren Wahnsinn ertragen, weil ich ihn allzu gut verstehen konnte.«

»Auch ich verstehe ihn, Monsieur!«

»Doch die Geschichte mit der Brust war der Gipfel!«

»Wem sagen Sie das, Monsieur! Seit sie sie unter ihrem Sessel versteckt hat, hindert sie mich sogar daran, dort den Staub zu entfernen ...«

»Absoluter Wahnsinn! Absurd! Aber was, zum Teufel, hat sie damit vor? Wissen Sie es?«

»Ich habe nicht die leiseste Ahnung, Monsieur!«

»Selbst in einer Plastiktüte hält sich so etwas nicht ewig. Eines Tages ...«

Johara schlich auf Zehenspitzen zum Gartentor:

»Man lauscht nicht an fremden Türen«, posaunte sie zu der Nachbarin hinüber, deren Schatten sich schon in dem kleinen Garten abzeichnete. Dies antwortete nicht, fegte brav weiter und machte, daß sie so schnell wie möglich ins Haus kam.

»Ein Stück blutiges Fleisch mitzunehmen!« fuhr Monsieur Perez fort. »Der Chirurg wollte nichts davon hören, das verstößt gegen unsere Ethik. Er hat sogar vermutet, daß es sich um eine Art Fetisch handeln könnte!«

»Nein, Monsieur, niemals! Madame glaubt nicht an ...«

»Ich weiß, ich weiß, Johara. Trotzdem kam ich mir ein wenig albern vor ...«

»Möge Gott Sie schützen, Herr Doktor!«

»Wie dem auch sei, tun Sie mir den Gefallen und versuchen Sie, ihr diese Reise auszureden. Nach all der Mühe, die wir uns gegeben haben ...«

Johara lehnte sich an die Tür und schwieg lange, den Blick nachdenklich in die Ferne gerichtet; ihre schwielige Hand spielte nervös mit dem Türknopf. Dann sah sie den Arzt an und fragte:

»Sagen Sie, Monsieur, werden alle alten Menschen so starrsinnig?«

Ein Lächeln glitt über das Gesicht des alten Mannes, statt einer Antwort hob er die Arme, ließ sie ratlos wieder sinken und ging davon.

Am Nachmittag ließ Mamaya den Nachbarn zu sich kommen. Er arbeitete als Chauffeur bei der Präfektur und verdiente sich etwas dazu, indem er seinen Dienstwagen als Taxi benutzte. Der kleine Mann, der gut fünfzig Jahre alt war, kam in seinem blauen Arbeitsanzug. In der Hand hielt er eine leicht abgenutzte und schmutzige Schirmmütze, deren Rand sich auf seiner Kopfhaut abzeichnete. Aufrecht stand er jetzt vor Mamayas Sessel.

»Nun, wie geht es dem Herrn Beamten?«
»Sehr gut, Mamaya, und Ihnen?«
»Wie es einem im Alter so geht, Herr Beamter, wie es einem eben im Alter so geht.«
»Johara hat mir gesagt, daß Sie meine Dienste dringend benötigen?«
»Ah, mein Junge, für alte Leute ist die Zeit dasselbe Problem wie das Geld für die Armen: Wir verbringen sie damit, auszurechnen, wieviel uns noch bleibt.«
»Wem sagen Sie das, Mamaya, ich habe fünf Kinder, und bald kommt das sechste. Ich glaube, wenn ich nicht die Fahrten hätte, die mir über das Schlimmste hinweghelfen, hätte ich mich schon aufgehängt.«
»Ich möchte Sie um einen Gefallen bitten. Doch zuerst müssen Sie mir versprechen, daß Sie sich verhalten werden, als käme diese Bitte von Ihrer eigenen Mutter!«
»Meiner Mutter kann ich natürlich nichts abschlagen«, antwortete er lächelnd.
»Ich habe nur noch kurze Zeit zu leben ...«
»Reden Sie keinen Unsinn, Mamaya, Sie erfreuen sich bester Gesundheit ...«
»Sie sind ein Schmeichler, Herr Beamter ... Sie erinnern mich an meinen Ältesten. Sie sind übrigens sicherlich in seinem Alter.«
»Nun, die Leute wagen es nicht, Sie nach ihm zu fragen ...«
»Ich habe nichts von ihm gehört, Herr Beamter. Nicht das leiseste Echo seit ...«
»Seit langer Zeit, Madame, ich weiß.«
»Zu lange, Herr Beamter! Aber ich warte. An jedem Festtag hoffe ich auf Gnade.«

»Uns bleibt nichts anderes als zu beten, Madame«, sagte Johara, die gerade das Zimmer betrat.
»Seit achtzehn Jahren, drei Monaten und einigen Tagen bete ich nun schon. Da würde selbst der gläubigste Engel aufgeben.«
»Aber der liebe Gott wird nicht aufgeben, das, Madame, kann ich Ihnen versichern«, gab Johara zurück. »Chaïbia behauptet, das Gebet sei sein täglich Brot.«
»Man könnte glauben, daß ihm meine Brosamen egal sind«, unterbrach Mamaya sie und wandte sich wieder an den Beamten. »Manchmal wird bekanntgegeben, daß einigen Amnestie gewährt wird, solchen ›wie ihm‹, die *schlechte Gedanken* hatten. Doch bis jetzt habe ich seinen Namen auf keiner Liste gefunden. Dabei habe ich wie eine Besessene gesucht. Schließlich hat man mich aus der Präfektur verjagt, weil ich ihnen zu sehr auf die Nerven ging. Doch ich kam jeden Tag zurück und weinte vor der Liste. Wissen Sie, eine Liste, auf der der Name Ihres Kindes – ob tot oder lebendig – fehlt, ist wie ein leeres Grab. Ein Grab ohne Leiche ...«
»Und wenn wir uns jetzt über die Fahrt unterhalten würden?«
»Natürlich hatte er *schlechte Gedanken*, Kinder haben oft schlechte Gedanken. Aber ... eine ordentliche Tracht Prügel hätte ausgereicht. In den ersten zwei Jahren konnte ich ihn noch im Gefängnis besuchen. Er schimpfte mit mir, wenn ich ihm zu viele Sachen mitbrachte. Er sagte, daß die Kleinen nicht hungern dürften und daß die Suppe, die sie dort bekämen, im Grunde nicht so schlecht sei; und wenn er eingesperrt wäre, so sagte er, dann eben, damit alle Kinder in diesem Land genug zu essen hätten.

Er wollte nur Tabak. Was für eine Idee, in einem so kleinen Zimmer zu rauchen! Das noch dazu dunkel ist! Nein, Herr Beamter, seit sie sie irgendwo in den Süden des Landes gebracht haben, habe ich nichts mehr gehört. Sehen Sie, ich bin nicht bei bester Gesundheit, da liegt einiges im argen. Die Maschine ist vollständig abgenutzt.«

»Und die Fahrt, Mamaya?«

»Mein Gott! Wo habe ich nur meine Gedanken ... Ja, Sidi Boulghmour ist ja nicht weit von der Stadt entfernt. Mit dem Auto höchstens eine Stunde. Ich möchte so gerne noch einmal am Grab der Meinen beten. Und dazu brauche ich Sie, Herr Beamter. In meinem Zustand könnte ich wohl kaum den Autobus nehmen.«

»Ganz zu Ihren Diensten, Mamaya, aber Johara sagt, daß der Arzt ...«

»Johara hat nichts zu sagen! Weder sie noch dieser Dickschädel von Doktor!«

»Oh, regen Sie sich nicht auf, Mamaya, es geht natürlich alles nach Ihrem Wunsch ...«

»Ja, ich weiß, daß ich eigentlich eine solche Fahrt nicht unternehmen sollte, aber ...«

»Was aber, wenn meine Frage nicht zu aufdringlich ist?«

»Es ist wegen eines Traums, mein Junge.«

Johara brachte einen Hocker für den Beamten, und sogleich machte es sich der Kater, ganz so, als wolle er ihn zum besten halten, auf den kräftigen Knien des Mannes bequem.

»Ein Traum, haben Sie gesagt?«

»Ah, die Träume«, seufzte Johara, »sie treiben uns zu so mancher Wahnsinnstat!«

»Herr Beamter, vor kurzem habe ich von meiner Mutter Merième geträumt. Ich weiß nicht, ob ich wirklich geschlafen habe, ich schlafe nachts so wenig ... Sie hat in vorwurfsvollem Ton gesagt, daß sie die Einsamkeit, ihre Einsamkeit, nicht ertrage und daß sie unglaublich unter der Dunkelheit leide. Sehen Sie, das war eine klare Botschaft. Ich muß mich unter allen Umständen nach Sidi Boulghmour begeben, um eine Kerze anzuzünden.«
»Möchten Sie Tee?« fragte das Dienstmädchen.
Der Beamte nickte.
»Ich befand mich in einem Keller«, fuhr Mamaya fort, »in einem dunklen, staubigen Keller. Eine Treppe, deren Ende man nicht sehen konnte, führte in die Erde hinab. Trotz meines Rheumas bin ich hinabgestiegen, ohne weiter an den Rückweg zu denken. Die Treppe führte mehrere Stockwerke hinab, und in jedem gab es große, dunkle Zimmer, die fast leer und durch transparente Wände voneinander getrennt waren. An langen Steintischen saßen Männer und Frauen, die sich miteinander unterhielten. Niemand beachtete mich. Als würden sie mich gar nicht sehen. Und ich wollte sie auf keinen Fall stören. Nach ihren Gesichtern zu urteilen, sprachen sie sicherlich über ernsthafte Dinge. Auf alle Fälle war mein Ältester nicht dabei – ich habe nachgesehen, man kann ja nie wissen. Also bin ich weiter hinabgestiegen. Ich hatte keine Angst. Ich war ganz sicher, daß meine Mutter sich in den unteren Stockwerken befand. Warum? Ich weiß es nicht. Undeutliche Stimmen hallten auf der Treppe und in meinem Kopf wider. Es war kalt, doch ich ging unbeirrt weiter. Ich hatte ein eigenartiges Gefühl: Je tiefer ich hinabstieg, desto leichter wurde ich. Ja, Herr

Beamter, so eigenartig es Ihnen auch vorkommen mag, ich wurde jünger. Die Ränder unter meinen Augen fielen von mir ab, meine Falten glätteten sich und verschwanden schließlich ganz; auf jedem Stockwerk ließ ich einige zurück, die sich auf die bleichen Gesichter der Bewohner hefteten. Die Männer und Frauen entrissen mir meine Tage und nahmen sie in sich auf, denn trotz meines Alters, trotz meiner schlechten Gesundheit, waren es die Jahre eines lebendigen Wesens, Jahre, die man in Tagen und Geschichten aufrollen konnte, ja, Millionen von Geschichten, an denen sie sich laben konnten. Als ich das bemerkte, habe ich mich nicht mehr umgewandt, Herr Beamter. Nicht ein einziges Mal. Dabei spürte ich, daß die Meute mir auf den Fersen war. Sie verfolgte mich. Also bin ich die Stufen hinuntergelaufen, so schnell ich konnte. Das war möglich, weil ich so viele Jahre hinter mir gelassen hatte, daß ich wieder ein junges Mädchen war. Ich trug ein rotes Kleid, und ich erinnere mich sogar daran, daß meine Schuhe drückten. Schließlich schritt ich durch einen Vorhang aus Spinnweben. Ich war ganz von einem grauen Schleier umhüllt. Ich versuchte, mich von ihm zu befreien, indem ich meine Haut rieb, und ich spürte, daß meine Fingernägel abgenagt waren wie früher. Ich hatte große Angst, noch jünger zu werden, so jung, daß ich nicht mehr laufen könnte. Dann würde mich die Meute, die sich meiner Vergangenheit bemächtigt hatte, vielleicht einholen oder mich an den Zöpfen festhalten. Meine Zöpfe waren so lang. Und wenn es mir tatsächlich gelingen würde, ihnen zu entkommen, wie sollte ich mit meiner Mutter sprechen, wenn ich wieder ein Baby wäre? Ich hatte ihr so viel zu sagen! Also lief ich,

so schnell ich konnte. Meine Füße berührten kaum die Stufen. Ich hatte den Mund voller Spinnweben. Es schmeckte nach Erde, nach Tod. Und plötzlich habe ich Mama gesehen. Sie stand mit weit geöffneten Armen da. Ich brauchte keine Worte mehr. Ich fiel ihr um den Hals und drückte sie fest an mich. Ich fand ihren Duft wieder, Herr Beamter, und die Zärtlichkeit ihres ruhigen Blickes ... Und ich habe mir geschworen, daß sie nie wieder unter der Dunkelheit leiden sollte. Ja, ich würde eine Kerze anzünden; zehn Kerzen; wenn es sein müßte, würde ich ihr ganzes Grab mit Irrlichtern bedecken ...«
Der Kater und der Beamte stießen gleichzeitig einen Schrei aus. Wer hatte wen gekratzt? Nun schreckte, allerdings mit leichter Verspätung, auch das Dienstmädchen auf. Diesen Traum hatte sie schon etwa hundertmal gehört, in immer anderen Versionen. Mamaya fuhr ruhig fort:
»Was soll denn diese kleine Reise kosten?«
Der Mann zögerte eine Weile.
»Sie können sicher sein, mein Junge, daß Gott Ihnen hundertfach das vergelten wird, was ich Ihnen bei meiner bescheidenen Rente nicht zahlen kann ...«
Durch den Traum beeindruckt, schlug der Nachbar einen eher zurückhaltenden Preis vor, der Mamaya jedoch übermäßig hoch schien. Sie handelte, wobei sie nicht einmal vor Tränen zurückscheute, zahlte im voraus und legte das Reisedatum fest.

# Kapitel 3

Der Tag geht zur Neige. Der beunruhigende Ruf des Muezzin verkündet den Abend. Mamaya wartet angstvoll auf den Einbruch der Nacht. Sie wird wieder lang werden. Lang. Lang. Sie wird sich in ihrem Bett hin und her wälzen, ihre schlaffen Hüften massieren, bis zur völligen Erschöpfung ihres müden Körpers. Dann wird sie sich, was einer übermenschlichen Anstrengung gleichkommt, zu dem Sessel schleppen, der dicht neben dem Bett steht, und sich mit all ihren Schmerzen hineinfallen lassen. Und für einen Augenblick, nur für einen kurzen Augenblick, wird sie Erleichterung empfinden, ehe sie die boshaften Dornen, die sich unter ihrer weißen Haut aufrichten, erneut quälen.

Das elektrische Licht hebt die Dunkelheit nicht auf, es drängt sie nur zurück. Also schaltet Mamaya die Lampen nicht ein: Im Dunkeln kann man die Finsternis besser überwachen. Und auch ihre Dämonen. Das blasse Mondlicht, das durch die Fensterläden dringt, bricht sich an der linken Wand. Die Möbelstücke scheinen sich heute nacht ruhig zu verhalten. Mamaya wartet. Sie hält die Glocke in der Hand wie andere den Koran. Dabei weiß sie genau, daß sie nicht nach dem Dienstmädchen läuten wird. Wozu soll sie dieser Ignorantin erklären, daß eigenartige Wesen im Zimmer herumstreifen, die sie beobachten und belauern? Gefährliche Wesen aus Schatten und Schweigen, die sich bewegen, atmen und einander gar umschlingen. Wenn Johara das erführe, würde sie überall herumerzählen, daß die Alte verrückt geworden ist, daß sie von irgendeinem Teufel besessen ist. Mamaya wird also schweigen, sie wird ihre Glocke nicht schwingen oder wenn, dann nur ganz leicht, falls ihr die nächtlichen Besucher zu nahe kommen ...

Das Nachtkästchen wackelt. Bald wird es sich in einen hinkenden Hund verwandeln. Das weiß Mamaya ganz genau. Sie weiß, daß dieses unheilvolle Tier vorwitzig durchs Zimmer laufen wird, als wolle es sein Terrain abstecken. Im übrigen hat es das schon so oft getan, daß sich Mamaya in ihrem eigenen Schlafzimmer, in ihren eigenen Möbeln wie eine Fremde fühlt ...!

Jetzt kommt der Hund und schnuppert angewidert an dem Schaffell, das am Boden liegt, läuft einmal rundherum und nähert sich dem Kater. Doch der schnarcht scheinheilig weiter, als wäre nichts. Seine halbgeschlossenen Augen funkeln. »Man könnte meinen, daß er eine Taschenlampe im Leib hätte!« denkt Mamaya. Das Tier zeigt kein Anzeichen von Furcht. Dabei ist er ein solcher Feigling, daß er eigentlich die Flucht ergreifen müßte, schließlich wäre es weniger gefährlich, dem Dienstmädchen in die Hände zu fallen, als in die Fänge dieses hinkenden Hundes zu geraten! Doch er scheint nichts zu bemerken. Er sieht auch nicht die Stehlampe, die plötzlich in ihrer Ecke zum Leben erwacht und sich auf das Regal zu bewegt – »Oh, eine Primaballerina!« sagt sie sich. »Der Lampenschirm ist ihr Ballettröckchen. Nun gut. Aber es handelt sich eher um eine verstümmelte Tänzerin: Der Oberkörper und der Kopf sind im Moment nicht zu erkennen.« Mamaya sucht sie. Sie kneift die Augen zusammen, um sie besser ausmachen zu können. Das Zimmer ist doch gar nicht so groß! Wo, zum Teufel, können sie sich versteckt haben? Auf dem Regal stapeln sich Bücher; es sind die des Abwesenden, die man ihr vor zwanzig Jahren geschickt hat. Doch sie sind zu staubig, als daß eine Künstlerin sich dort verstecken würde. Diese Bücher hat Mamaya wieder und wieder gelesen. Oft sogar laut, damit Minouche auch mithören konnte. Und wenn ihre Augen ihr nicht den Dienst versagt hätten, würde sie diese Sammlung großer Geister noch einmal genau unter die Lupe nehmen, die jetzt dort im Staub ruhten wie leblose Körper in einem Massengrab. Mamaya kennt den Inhalt dieser Bücher in- und auswendig; die schwarze Tinte enthält soviel Freude, soviel Leid, all das hängt an den Worten, schwingt zwischen den Linien, füllt wie ein Strom Seite um Seite – Lachen und Schluchzen …

Jedesmal, wenn Mamaya diese Werke las, suchte sie nach den Personen, mit denen ihr Sohn sich hätte identifizieren können; und wenn sie sie ausgemacht hatte, begann sie sie zu lieben. Sie liebte sie sehr. Sie verlieh ihnen das zerfurchte Gesicht des Abwesenden, seine Augen, die an einen Uhu erinnerten, den Klang seiner Stimme, die ungeschickten Gesten … Gott hatte ihn ihr (mit Hilfe der Menschen) so früh genommen. Nur die kurze Zeit einer Jugend: Internat, Militärschule, Kaserne … und dann lebendig in der Tiefe der Wüste begraben. Nein, sie hatte keine Zeit gehabt, diesen Sohn wirklich kennenzulernen. Also konnte sie ihre Liebe auch auf jene Phantome in den Romanen übertragen und ihnen seine Vorlieben unterstellen: etwa die für reife, mit salziger Butter gefüllte Datteln und mit Sesam bestreuten Honigkuchen. Ah ja, er war ganz verrückt danach gewesen. Jedesmal, wenn er Urlaub hatte, tauchte er unangemeldet zu Hause auf, denn Mamaya machte sich immer große Sorgen, wenn eines ihrer Kinder unterwegs war; am Anfang der Straße hielt er beim Kaufmann und beim Metzger an, um die Rechnungen zu bezahlen, und gab sogleich den bescheidenen Sold aus, den er als Offiziersanwärter verdiente. Und sowie er das Haus betreten hatte, begann er in der Nähe des Bufetts, des Schranks und in der Speisekammer herumzuschnuppern, und jedesmal fand er die verflixten Kuchen! Er sagte, nirgendwo sonst gäbe es so gute Kuchen.

Mamaya wachte über die Bücher, diese Relikte einer zerstörten Liebe, wie über einen Schatz. Den Schatz eines Archäologen. Niemand durfte sich ihm nähern. Auch ihr alter Freund, der gute Doktor, nicht. »Nicht einmal der Teufel versteht die Menschen, die weiterverleihen, was ihnen nicht selbst gehört!« pflegte sie zu behaupten. »Übrigens vergessen die Menschen nur *allzu gerne*, die Bücher zurückzugeben, die man ihnen geliehen hat ...« Schelmisch hielt ihr Doktor Perez immer dasselbe Sprüchlein entgegen: »Das ist doch verständlich, meine liebe Freundin. Oft bleibt ein Teil von einem in dem Buch zurück, das man liebt. Also gehört es einem auch in gewisser Weise. Und man behält es.«

In ihrem Schrank lag noch der Brief, den sie nach dem Prozeß bekommen hatte. Ein knapper Brief, der ihr die unmittelbar bevorstehende Lieferung der persönlichen Habseligkeiten ihres Sohnes per Post ankündigte. Es konnte sich nur um seine Bücher handeln, das wußte sie. Er besaß Hunderte und Aberhunderte. Also hatte sie ein

Vermögen ausgegeben, sich ein Bücherregal aus Kirschbaumholz einbauen zu lassen, das sich über die ganze Wand in ihrem Schlafzimmer zog. Ein Schreiner und zwei Lehrlinge hatten von morgens bis abends pausenlos daran gearbeitet. Ein fleißiges Trio: Überall lagen Sägespäne, und das ganze Haus wurde auf den Kopf gestellt; eine richtige Baustelle. Johara hatte sich am Fenster postiert und die Jungen überwacht, die die Bretter abhobelten, schliffen und ölten, der Meister mit seinem Bleistift hinter dem Ohr hingegen kümmerte sich nur um den Aufbau und den letzten Schliff. Mamaya sah das von oben bis unten mit den unterschiedlichsten Büchern ihres Jungen bestückte Regal bereits vor sich. Eines Tages, so sagte sie sich, würde er froh sein, sie wieder vorzufinden.

Eine Woche später brachte der Briefträger zwei Kisten und einen alten Koffer. Mamaya dachte, daß der Rest sicherlich bald nachkommen würde. Johara packte die Bücher aus, staubte sie ab und ordnete sie sorgfältig nach Größe. Doch sie beanspruchten nur die Hälfte eines Brettes. Das Bücherregal blieb leer. Eine furchtbare, unerträgliche Leere, unter der Mamaya litt. Sobald sie ihr Schlafzimmer betrat, fiel ihr Blick auf die nackten Bretter. Das Leid schien jeden Kratzer und jeden Knoten im Holz zu durchdringen, es übertrug sich auf die schwarzen Kleeblätter der Tapete, kroch an den Vorhängen empor und legte sich auf die malvenfarbenen Blüten der Bettdecke, die Möbel und den Teppich. Alles war Abwesenheit. Ein wahres Nichts. Morgen für Morgen wartete Mamaya, ehe sie ins Büro ging, auf den Briefträger. Als nach einem Monat noch immer nichts gekommen war, hatte sie sich schließlich entschlossen, ihr Bücherregal zu einem Schleuderpreis an Monsieur Salvador, einem alten Spanier, der in der benachbarten Sackgasse wohnte, zu verkaufen.

Der hinkende Hund nähert sich schnüffelnd dem Schrank. Die Tür ist, ebenso wie die Fächer, verschwunden. Der Hund sitzt aufrecht auf den Hinterpfoten, sein Schwanz bewegt sich nicht, und er scheint von dem langen Gang angezogen, der sich plötzlich im Holz und weiter in der Mauer aufgetan hat. Der Boden ist wie nach einem Brand mit rauchender Asche bedeckt. Für einen Moment erhellt ein Irrlicht eine braune Gestalt, die leicht wie der Schatten eines Geistes scheint, und offenbar keine Angst hat, sich die bloßen Füße zu verbrennen. Doch die Schatten haben vom Feuer nichts zu befürchten. Die Gestalt taucht auf und verschwindet wieder, ohne daß es dafür einen offenkundigen Grund gibt. Der hinkende Hund bleibt stehen, weicht zurück und findet Zuflucht hinter der Lampentänzerin. Was, um Gottes willen, hat das zu bedeuten? Beim erstenmal hatte Mamaya vor Angst gezittert. Denn in diesem Spiegelschrank ist ihre ganze Vergangenheit, ihre Geschichte eingeschlossen. Solange sie noch laufen konnte, hätte sie dort im Handumdrehen einen von einer Ahnin ererbten Seidenschal gefunden, ebenso wie das Abschlußzeugnis des Abwesenden, ein Säckchen mit Weihrauch, das ihr zehn Jahre zuvor eine Freundin aus Mekka mitgebracht hat, eine vergessene, verblaßte Fotografie, ebenso alt wie die Erinnerung, die sie enthielt, oder aber ein Medikament, falls eines der Kinder plötzlich erkrankte ... Wie könnte sie zulassen, daß ein Fremder so in ihr Leben eindringt, in die kostbar bestickten Bettücher ihrer Hochzeitsnacht, die kein einziger Blutfleck beschmutzt hat. Und was würde dieser Wolf im Schafstall mit ihren Ersparnissen anfangen? In der unteren Schublade liegen zum Beispiel der Gürtel aus purem Gold (zwei Kilo und etwas darüber), die vielen Ringe, Ketten und Medaillons; Mamaya hat sie für schwere Zeiten aufbewahrt und nicht, damit irgendein Schatten, so vertraut er auch sein mag, sich nach Lust und Laune bedient. Wer weiß? Vielleicht wird er ihren Schmuck mitnehmen, um irgendwo in der Dunkelheit für eine Nacht einer flüchtigen Geliebten zu huldigen, dort hinten, am Ende des Korridors, dort, wo die Dämmerung noch schwärzer wird. Vielleicht hat man dort an langen Steintischen (dieselben wie in ihrem Traum) schon ein üppiges Bankett vorbereitet, und die unbekümmerten – weil toten – Gäste, die auf anderen geheimen Wegen und aus anderen Schränken gekommen sind, feiern schon dort, an jenem finsteren Kreuzpunkt aller Gefahren. Nein, hier ist Mamaya zu Hause, und sie wird niemandem gestatten, sich ihrem Schatz zu nähern! Sie selbst hat ihn nie angerührt. Dabei hätte sie ihn, nachdem sie den Schulmeister aus ihrem Haus und ihrem Leben verjagt hat, oft gut gebrauchen können. Das muß man sich vorstellen! Mit sieben Kindern und ihrem bescheidenen Lohn als Schreibkraft …

Bald wird der Morgen grauen. Die Glocke fällt mit furchtbarem Lärm zu Boden. Mamaya klammert sich an den Armlehnen ihres Sessels fest wie ein Ertrinkender am Hals seines Retters. Beim dritten Ruf des Muezzin plustern sich die Nachtkreaturen auf und geraten in panische Angst. Der hinkende Hund läuft im Kreis herum, stürzt sich schließlich auf das Schaffell und verschlingt es: ein unblutiges Verbrechen, da das Schaf schon lange tot ist. Die Primaballerina scheint plötzlich außer sich und wiegt sich zum Rhythmus von Trommeln, die nur ihr Ohr vernimmt, in einem wahnsinnigen Tanz. Der Schatten des Schrankes brennt lichterloh, schlägt um sich wie ein Besessener und läuft mit ausgebreiteten Armen auf die Gäste des Banketts zu, die sich drängeln, um ihn besser sehen zu können, und in die Hände klatschen wie Betrunkene. Mamaya hört ihr Gelächter. Und dieses Gelächter gleicht einem Jammern, ein Kummer, der sich verkleidet hat. An der rechten Zimmerwand, an der sich jetzt das durch die Fensterläden gedämpfte Licht in Streifen abzeichnet, zerschellen die Schatten, zerbersten und fallen in Stücken auseinander, dabei reißen sie andere Schatten mit, die sich im Licht des Morgengrauens zu verdoppeln scheinen.

Es wird Tag. Jetzt wird Mamaya endlich wieder ruhig und klar. Die Trugbilder verfliegen und verschwinden. Der Nachttisch ist da, die Lampe auch und auch die Bücher. Das helle Tageslicht trägt die Angst und ihre Büttel davon, sie versinken jetzt im Spiegel.

# Kapitel 4

Maman-du-bled, ihr richtiger Vorname war Merième, war die jüngste von sechs Schwestern und mit Abstand die hübscheste. Und auch der größte Wildfang. Ihr Vater war Goldschmied in einer kleinen Stadt im Norden. *Goldschmiedemeister*, ein goldiger Titel, der nicht so recht zu seinem bescheidenen Vermögen passen wollte. Sein Geschäft war unscheinbar: einige Ohrringe und Ringe in einer winzigen Vitrine, die zwischen den Auslagen des Stoffmarktes kaum auffiel.

Merième war ein aufgewecktes junges Mädchen, und ihren großen schwarzen Augen entging nichts; sie hatte einen neugierigen, forschenden Blick. Sie wußte alles von ihren älteren Schwestern und kannte ihre geheimsten Gedanken, ihren im hintersten Winkel verborgenen Schatz. Sie erforschte den Ausdruck der Gesichter, den Klang der Stimmen, beständig war sie auf der Suche nach einem uneingestandenen Geheimnis, nach einer verborgenen Absicht. Und im Handumdrehen konnte sie jedermann in ein Gespräch über Gott und die Welt verwickeln. Ihr Vater, der keinen Sohn hatte, verwöhnte sie besonders, sicherlich weil sie die einzige war, die ihm die Stirn bot. Oft verteidigte sie mit männlicher Heftigkeit ihre Mutter und ihre Schwestern und stellte sich zwischen ihn und die, die er strafen wollte. Sie weinte nie, hielt seinem Blick stand und bezichtigte sich selbst ohne Zögern der Vergehen, die ihre älteren Schwestern begangen hatten. Wenn der alte Mann die Mutter grob behandelte, sprang sie auf und zerschlug einen Teller, ein Glas oder irgendeinen anderen Gegenstand, den sie gerade zur Hand hatte, dann schlug sie ihren Kopf so hart gegen die Wand, daß sie die Augen verdrehte und ohnmächtig wurde. Und sogleich eilte die ganze Familie herbei. Man brachte Wasser, Salz, Zwiebeln und einen Gegenstand aus Metall, schob ihr den Schlüssel in die eine Hand und das Salz in die andere Hand, um so die bösen Geister zu vertreiben, die sicherlich im Zimmer umherstrichen. Merièmes Körper wurde steif, sie zitterte wie Espenlaub, und ihre Hände verkrampften sich. Man schloß die Türen, um ihre Schreie und ihr Stöhnen zu ersticken oder zu dämpfen. Ihre Mutter wurde gewöhnlich ebenfalls ohnmächtig, doch niemand kümmerte sich darum, und schließlich fielen auch die Mädchen eines nach dem anderen um. Man konnte nichts anderes tun als abwarten. Warten, bis der Dschinn, von dem das junge Mädchen besessen war, sich beruhigte und wieder einschlief oder aber verschwand, um andere Menschen zu quälen. Dann kniete sich der Vater neben seine Tochter, nahm sie in die Arme und wiegte sie wie ein Baby; er nahm seinen Turban ab, wischte den Schaum von dem kleinen Mund und flüsterte seiner Tochter ins Ohr, daß er sich nie wieder an der Mutter vergehen würde. Und selbst wenn sie ihre Pflichten wie so oft vernachlässigte, würde er sie nicht mehr schlagen … nur ein paar kleine Vorwürfe – wenn überhaupt! – wenn nur sein Goldstück wieder zum Leben erwachte. »Nie wieder, Gott ist mein Zeuge!«

Das reichte aus, damit Merième wieder zu sich kam. Sie erhob sich, als wäre nichts gewesen. Taufrisch. Sie hatte keine Erinnerung, keine Schmerzen, nur hier und da eine kleine Abschürfung … und sie zeigte ein etwas verdächtiges Erstaunen angesichts der bleichen Gesichter, die sie umgaben. Niemand wagte es, über den Zwischenfall zu sprechen. Oder auch nur eine Anspielung zu machen. Die Nachbarn durften es auf keinen Fall erfahren. Eine Besessene im Haus! Mein Gott, das wäre ein gefundenes Fressen für die Klatschbasen des Viertels. Das junge Mädchen fand sogleich sein klangvolles Lachen und seine Lebensfreude wieder, machte sich erneut über die Schwestern lustig und brachte die Mutter zum Lachen. Wenn sie das Haus auch nur für einen Vormittag verließ, herrschte dort sogleich eine trübe Stimmung.

Merième war siebzehn Jahre alt, als sie sich einen schönen Soldaten »angelte«. An einem sonnigen Frühlingsmorgen saß sie am Fenster, eine Datteltraube auf den Knien, und entdeckte plötzlich in der Ferne einen Soldaten, der sich dem Haus näherte. Er war groß und kräftig, und seine stolze Haltung war beeindruckend. Er trug weiße Hosen mit Seitenstreifen in demselben Mohnrot wie seine Jacke. Ihre Schwester war gerade dabei, das Zimmer zu putzen, und nachdem sie die Zimmerdecke abgekehrt hatte, hatte sie den langen Besen neben dem Fenster stehenlassen. Als der junge Mann das Haus erreicht hatte, nahm Merième den Besen und versuchte mit einer raschen Bewegung, seine Mütze zu ergattern. Der Soldat wich dem Versuch aus und ergriff unerwartet den Besenstiel. Doch das Mädchen ließ das andere Ende nicht los. Sie hielt im Gegenteil den unteren Teil des Besens fest und sah ihn aus ihren großen schwarzen

Augen an. Ein schelmisches Lächeln huschte über ihr Gesicht.

Durch die Reize des jungen Mädchens entwaffnet, blieb der Soldat einen Augenblick lang verwirrt stehen. Dann sagte er nur in vorwurfsvollem Ton:

»Schämst du dich nicht?«

»Ich bitte tausendmal um Verzeihung, Monsieur, ich wollte nicht Ihr Auge treffen …«

Der Soldat sah sie an. Je mehr ihr jugendliches Gesicht errötete, desto reizvoller war es.

»Glauben Sie mir, Monsieur, ich wollte wirklich nur Ihre Mütze. Und ich hätte sie Ihnen sowieso zurückgegeben!«

Der junge Mann ließ den Besenstiel los und zog weiter seines Weges.

»Warten Sie, Monsieur, warten Sie … Möchten Sie eine Dattel?«

Der Soldat blieb stehen, hob den Kopf und lächelte. Die schwarzen Augen des Mädchens glänzten im Sonnenlicht.

»Und was willst du dafür haben? Meine Mütze?«

Merième verzog spitzbübisch das Gesicht.

Ein Minzeverkäufer schob seinen Karren durch die kleine Gasse; Die Sträußchen waren trotz der glühenden Hitze frisch geblieben, und ihr Geruch erfüllte die Nachmittagsluft, wie die Wunderblume, die die Sommerabende durchduftet. Der Soldat huldigte dem Geruch mit einer Geste und fuhr fort:

»Aber sag mir, warum wolltest du meine Mütze?«

»Ich wollte sie aufprobieren, Monsieur, ich wollte sie nur aufprobieren.«

»Du hättest mich nur fragen müssen« sagte er und fügte

halblaut hinzu: »So schönen Augen kann man nichts verwehren!«
»Nun gut, Monsieur, dann frage ich Sie jetzt … und meine Augen fragen auch!«
Und sie warf dem schönen Soldaten einen betörenden Blick zu.
»Aha!« sagte er belustigt. »Und was gibst du mir dafür?«
»Meine Hand, Monsieur, ich würde Ihnen meine Hand geben!«
»Na so was!« rief er, offensichtlich überrumpelt, aus.
»Sie hören es ja, Monsieur!«
»Und wie würdest du das anstellen? Würdest du sie abhacken und aus dem Fenster werfen?«
»Ich würde selbst aus dem Fenster springen, Monsieur.«
Der Soldat brach in schallendes Gelächter aus.
»Nun, an Kühnheit scheint es dir ja nicht zu mangeln!«
»Für eine so schöne Uniform würde ich sogar noch mehr tun. Sie ist so rot wie der Mohn, der auf dem Friedhof wächst. Jedesmal, wenn ich ins Bad gehe, bleibe ich stehen und pflücke mir einen Strauß.«
»Sag mir, bekommen alle, die hier vorbeikommen, einen Schlag mit dem Besen auf den Kopf, oder bin ich der einzige … glückliche Auserwählte?«
»Nicht alle Passanten haben solche Augen wie Sie, Monsieur. Ihre Augen sind so blau.«
Das schlagfertige junge Mädchen war offenbar nie um eine Antwort verlegen. Ihre Worte waren wie Köder an einem unsichtbaren Haken, die direkt auf das Herz des schönen Soldaten abzielten.
»Wer ist dein Vater?«
»Der Goldschmiedemeister, Monsieur.«

»Nun, das erklärt ja die hübsche Perle! Sag mir, wie heißt denn der Goldschmied? Vielleicht kenne ich ihn ja …«
»Aïssa, Monsieur, Maître Aïssa. Sie werden ihn ohne Schwierigkeiten im Souk finden.«
»He! Ruhig Blut! Ich habe nicht die Absicht, den guten Mann aufzusuchen!«
»Sie werden schon sehen, er hat einen langen weißen Bart, und er streicht den ganzen Tag mit der Hand darüber. Selbst wenn er Ihnen ein wenig grob erscheinen mag, er ist kein schlechter Mensch.«
»Schlecht oder nicht, ich wünsche dir nun einen guten Tag!« unterbrach sie der Soldat und wandte sich entschlossen zum Gehen.
»Warten Sie, Monsieur, warten Sie! Habe ich Ihnen schon Ihre Datteln gegeben? Nein. Und seien Sie nicht böse. Alles, was ich gesagt habe, war nur ein Scherz …«
Ein wenig verlegen drehte sich der Soldat wieder um.
»Ganz bestimmt, Monsieur, es war nur ein Scherz … Ich langweile mich in diesem Haus einfach zu Tode! Aber …«
»Was aber? Es ist dein Zuhause! Glaubst du, woanders wäre es besser?«
»Es könnte nicht schlimmer sein, Monsieur … Wir sind von morgens bis abends eingesperrt. Ich verlasse das Haus nur, um ins Bad zu gehen … und auch das nur ein armseliges Mal pro Woche!«
»Und darum suchst du einen Mann, nicht wahr?«
»Nein, Monsieur …«
Das Gesicht des Mädchens verfinsterte sich, und es senkte den Blick. Der Soldat lächelte.

»Nun komm, erzähl! Erzähl mir deinen großen Kummer!«
»Sie machen sich über mich lustig, Monsieur ...«
»Aber nicht im geringsten! Komm, hab Vertrauen.«
»Ein Greis hat um meine Hand angehalten ...«
»Na und? Er muß ja wohl recht wohlhabend sein!«
»Er ist reich, ja, sehr reich!«
»Und hat dein Vater seine Werbung angenommen?«
»Noch nicht, Monsieur, er überlegt noch ... Er hat nicht nein gesagt, weil es eine gute Partie ist. Aber er versucht, zuerst meine ältere Schwester zu verheiraten.«
»Das ist doch ein gutes Zeichen!«
»Nein, Monsieur, der Greis will nicht von seiner ersten Wahl lassen ... Er ist sehr reich!«
»Und wie weit sind die Dinge gediehen?«
»Im Augenblick verhandeln die beiden Alten ... durch einen Nachbarn.«
»Und wie stehst du zu der Sache?«
»Mir gefallen Soldaten!«
Der Soldat verharrte eine Weile nachdenklich. Oder zumindest tat er so. Dann warf er plötzlich aus einer Laune heraus seine Mütze in die Luft, und Merième fing sie auf. Sie zog sich ins Zimmer zurück, wo alle ihre Schwestern die Szene beobachtet hatten. Doch keine von ihnen wagte es, eine Bemerkung zu machen oder auch nur ein Wort zu sagen. Sie starrten sie mit offenem Mund an.
»Wenn ihr glaubt, daß die Ehemänner vom Himmel fallen, könnt ihr lange warten!« rief ihnen das junge Mädchen zu. »Ich will jedenfalls keine Mumie heiraten!« Sie löste ihr schwarzes Haar, setzte die Mütze auf, strich

die Augenbrauen glatt und lehnte sich erneut zum Fenster hinaus.
»Morgen werde ich sicherlich in den Souk gehen!« verkündete der Soldat mit verschwörerischer Miene. »Ich habe dort etliche Besorgungen zu machen!«
»Ich heiße Merième, Herr General! Merken Sie sich den Namen gut und verwechseln Sie die Mädchen nicht! Wir sind viele Schwestern!«
Sie nahm die Mütze ab, legte eine Datteltraube hinein und ließ sie fallen. Als der Soldat sie auffangen wollte, stolperte er und saß am Boden. Lachend erhob er sich wieder, sammelte die Datteln ein und klopfte seine Uniform ab. Er schob eine der Früchte in den Mund, hob lächelnd den Kopf und zwinkerte ihr zu. Merième schloß die Augen. Ihr Herz klopfte wild vor Freude, und sie öffnete die Augen erst wieder, als der Mann verschwunden war.

Aus dieser zufälligen Begegnung ging zehn Jahre später Mamaya hervor.

# Kapitel 5

In den barmherzigen Nächten (die allerdings rar sind), wenn ihr Körper so schläfrig ist, daß selbst die Dornen nicht mehr zu stechen scheinen, wenn der irre Tanz der Möbel aufhört und die schwarze Gestalt in ihrem Schrank eingesperrt bleibt, wenn die Augen des Katers zu leuchten aufhören, Johara nicht mehr an der Tür lauscht, die Kleeblätter verschwimmen, so daß die gelbe Tapete, die Wände des Zimmers und alles um sie her schwarz wird, wenn der Mond nicht scheint und der Wind schweigt, läßt sich Mamaya vom Strom ihrer Gedanken davontragen. Läßt sich dahingleiten. Nackt. Ihr träger Körper durchdringt den dichten Nebel, der den sternenlosen Himmel überzieht. Obgleich die ihr verbleibende Brust ausgetrocknet und schlaff ist, wird sie schwer wie ein vom Regen vollgesogener Schal; sie ist leblos und faltig, ein kleines Stückchen Leid. Ebenso abgenutzt wie ihre Geschichte. So tot wie die linke Brust, die in eine Plastiktüte und ein besticktes Tuch eingewickelt unter ihrem Sessel liegt. Diese Brust, von deren Existenz außer dem Arzt und dem Dienstmädchen niemand etwas ahnt. Nicht einmal ihre Kinder. Nur Minouche hegt vielleicht Zweifel. Manchmal nähert er sich Mamaya mit unschuldiger Miene, als wolle er sich streicheln lassen, doch dann schnuppert er an ihren Füßen. Nein, niemand weiß es. Und niemand würde es je erfahren. Ihr Fleisch ist in Sicherheit. Sie braucht nur den Hausschuh auszuziehen und mit den Zehenspitzen

danach zu tasten, um sicher zu sein, daß es wirklich da ist.
In dieser Nacht läßt Mamaya ihre Gedanken schweifen. Nirgendwo verweilt sie, und nichts hält sie fest. Ob sie nun hier oder anderswo ist, es ist bedeutungslos!

Mamaya verbrachte eine friedliche Kindheit zwischen dem elterlichen Bauernhof und einer kleinen Stadt im Süden. Wie ihre Brüder und Schwestern war sie Pensionatsschülerin bei der französischen Mission.
Die Oberschule Mangin lag direkt neben dem großen Stadtpark. Am Ende einer von Bitterorangen überschatteten Allee öffnete sich das Tor aus geschwärztem Holz, das dem der benachbarten Kirche glich, auf den Pausenhof der externen Schüler. Durch die duftenden Eukalyptusbäume und die hohen Fenster der Klassenzimmer sah man die Lehrer, die hinter ihrem Pult saßen oder würdevoll mit der Kreide in der Hand über das erhöhte Podest schritten.
Wegen ihrer guten Noten wurde Mamaya sowohl von ihren Lehrern, deren Lieblingsschülerin sie war, als auch von ihren Eltern geschätzt. Vor allem ihr Vater überhäufte sie mit Lob, sobald man über die Kinder sprach. Oh, man darf nicht glauben, daß Mamaya nur arbeitete, sie amüsierte sich auch und oft sogar mehr als ihre Kameraden. Sie erfand unendlich viele Streiche und Dummheiten, doch sie war klug genug, sich nie erwischen zu lassen. Zu Hause war man einhellig der Meinung, daß sie ihrer Mutter glich, daß ihr Charakter – ernsthaft und zugleich fröhlich, unbeugsam und doch sanft und auch ein wenig schelmisch – nicht von ungefähr kam.

Der Vater war oft unterwegs. In Indochina und anderswo. Die Mutter wurde zwar ihrer Rolle als Hausherrin gerecht, doch konnte sie weder lesen noch schreiben. Also kam Mamaya ganz natürlich die besondere Aufgabe zu, ihres Vaters Stelle gegenüber der Direktionsassistenz zu vertreten. Sie unterschrieb die Zeugnishefte ihrer Geschwister und kümmerte sich um alle schulischen Formalitäten. So hatte sie im Alter von sechzehn Jahren eine absolute Machtstellung im Haus erreicht. Eine *unantastbare* Machtstellung, die sich an jenem Tag auch über ihr Zuhause hinaus ausdehnte, als der Direktionsassistent, ein kleiner Mann mit runder Brille, sie in sein Büro bestellte und ihr die im Pensionat zu besetzende Aufsichtsstelle anbot. Mamaya, deren Herz vor Freude höher schlug, traute ihren Ohren nicht. Nein, da brauchte sie nicht erst lange zu überlegen, es war ganz klar, und sie war bereit, sogleich ein »Vorgelesen und gebilligt« in Großbuchstaben unter den Vertrag zu setzen und ihn zu unterschreiben. Sie war stolz auf das Vertrauen, das man ihr entgegenbrachte, und versprach von ganzem Herzen, daß sie sich ihrer Aufgabe würdig erweisen werde, um so mehr, als sie an Kinder gewöhnt sei. »Es ist selbstverständlich«, erklärte der Direktionsassistent, »das Sie von jetzt ab von den Pensionatskosten befreit sind und daß Ihnen am Ende jedes Trimesters ein kleines Gehalt ausgezahlt wird.« Mamaya hob den Blick nicht von ihren Schuhen und lächelte nur. Und als sie sich verabschiedete klingelten die Geldstücke bereits wie Kirchenglocken in ihrem Kopf: ein absolut christlicher Klang! Sie dachte sogar daran, sich eine neue Spardose zu kaufen. Diesmal mit einem Vorhängeschloß. Ein großes, unbezwingbares

Vorhängeschloß. Was ihre Freistellung von den Pensionatskosten betraf, so würde sie diese später, bei der Rückkehr des Vaters, diesem gegenüber geltend machen.

Ihre älteren Schwestern zeigten keinerlei Neid, als Mamaya von nun ab bei den Mahlzeiten am Tisch des Aufsichtspersonals saß: Sie brauchte sich jetzt nicht mehr mit ihren Kameraden anzustellen und war keine einfache Nummer mehr, sondern man nannte sie bei ihrem Vornamen Mina. Ja, besser noch, man sagte sogar »Mademoiselle Mina«.

Abends nahm sie im Arbeitszimmer ungeniert am Lehrerpult Platz, und trotz ihres jungen Alters war es mucksmäuschenstill. Es reichte aus, daß sie diesen oder jenen Schwätzer ansah, damit dieser auf der Stelle verstummte und wie die anderen weiterarbeitete. Doch kam es nur selten vor, daß sie jemanden strafen mußte, denn oft ist es so, daß Autorität und Respekt bereits beim ersten Kontakt entstehen. So hatte sie gleich am Tag nach ihrer Ernennung, als die Schüler noch ihre Toleranzschwelle erforschten, ihre neue *Aufgabe* damit begonnen, ihrer eigenen Schwester Rosalie den *kleinen Ausgang* am Mittwoch nachmittag zu streichen. Die Neuigkeit hatte sich sogleich im ganzen Pensionat herumgesprochen, und seither wußte man, was man von ihr zu halten hatte. Einige fanden sie herzlos, andere unparteiisch, doch sie wurde ausnahmslos von allen anerkannt.

Die Wohnung des Heimleiters lag zwischen dem Schlafsaal der Jungen und der Mädchen. Wollte man von einem zum anderen gelangen, so mußte man im wahrsten Sinne des Wortes über den Körper seiner Ehefrau Madame Lisa steigen. Die abscheuliche Madame Lisa hatte ihre Augen überall. Sie verbrachte ihren Tag auf das Fensterbrett gestützt und überwachte, was die Schüler, deren Nummern sie auswendig kannte, taten und sagten. Das Ergebnis ihrer Beobachtungen schrieb sie in ein kleines Heft und erzählte dann abends im Bett alles ihrem Mann. Sie war hohlwangig, als wären ihre Wangen zwischen ihrem Kiefer eingeklemmt, und trug eine Brille, die sich im Sonnenlicht tönte, so daß man nie wußte, in welche Richtung sie sah und auf welches Opfer ihr Blick gerichtet war. Um ihren einzigen Sohn Pierre kümmerte sie sich kaum, und der Siebzehnjährige suchte immer die Gesellschaft der Pensionatsschüler. Man fragte sich wirklich, wie eine so häßliche Frau, die mit einem farblosen Heimleiter verheiratet war, einen so hübschen Jungen hatte in die Welt setzen können. Denn er war wirklich sehr anziehend. Wenn man aus der Nähe in seine kristallklaren blauen Augen sah, wurde einem schwindelig. Da das Wetter immer schön war, waren auch seine Augen klar und blau wie der Himmel, und sie schienen viele Ausflüge und Reisen zu verheißen. Die Mädchen des Pensionats sahen alle nur ihn, Pierre hingegen hatte nur Augen für Mademoiselle Mina. Die Jungen fanden an diesem *Sohn des Heimleiters* nur Fehler: Seine Brust war zu gewölbt, wie die eines Turners, während seine Stimme, da er trotz seines Alters noch keinen Stimmbruch durchgemacht hatte, ihm eine leicht feminine Note gab; das reichte aus, ihn einer Neigung zu verdächtigen, die von der katholischen (und auch von der moslemischen!) Religion nicht gebilligt wurde. Doch Mamaya kümmerten die bösen Zungen nicht, zu jener Zeit fühlte sie sich von Herzensangelegenheiten nicht angesprochen. Dennoch hörte sie gern Ghita zu, einer Halb-Pensionatsschülerin mit haselnußbraunen Augen. Die hübsche Mulattin hatte die aufregendsten Flirts an der ganzen Oberschule zu verzeichnen. Mamaya wurde der Geschichten ihrer Freundin niemals überdrüssig, begierig lauschte sie den Einzelheiten und wollte alles wissen. Dennoch konnte sie sich nur schwer vorstellen, daß es ein Vergnügen sein könnte, seine Zunge gegen die eines anderen zu pressen. War das nicht widerwärtig? Nein, solchen Unsinn würde sie nie ausprobieren. Nie! Nicht einmal mit Pierre ..., der ihr an den Wochenenden, an denen sie Dienst hatte, ein wenig Gesellschaft leistete.

Die Pensionatsschüler, die aus anderen Städten kamen, fuhren nur einmal im Monat nach Hause. Nach dem Essen begaben sich einige von ihnen in den Spielraum, andere in die Turnhalle, und wieder andere unterhielten sich in kleinen Grüppchen im Hof; die Ältesten unter ihnen suchten auf der Toilette Schutz vor Madame Lisas gefährlicher Brille, um dort heimlich zu rauchen.

An einem Sonnabend im Dezember sollte Mamaya die zum Nachsitzen verdammten Schüler beaufsichtigen. Doch da es nur zwei waren, erließ sie ihnen die Abendarbeit und erlaubte ihnen, mit ihren Kameraden zu spielen. Sie selbst blieb im Klassenzimmer zurück und vertiefte sich in ein Kreuzworträtsel. Es war schon fast dunkel, und langsam breitete sich das Schweigen, ihr alter Vertrauter, im Schulgebäude aus. Ein feiner Regen bildete unter den Arkaden eine Art Vorhang, und die Fenster waren beschlagen. Plötzlich schreckte Mamaya auf.

Pierre betrat das Zimmer. Er war außer Atem, und die Regentropfen perlten wie Tränen über seine Wangen. Ein wenig verlegen erklärte er ihr, daß er sich in letzter Minute entschlossen habe, auf ein Fest bei seinem Cousin zu verzichten. Mein Gott, wie schön er in seiner Abendkleidung war! Noch nie hatte Mamaya ihn so gesehen: ein schwarzer Anzug, ein malvenfarbenes Hemd und um den Hals ein kanariengelber Schal! Ihr spontanes Kompliment ließ das anmutige Gesicht ihres Freundes erröten. Sie unterhielten sich lange und lachten über alles mögliche. Mamaya war ganz versessen auf die Geschichten aus dem Dorf, und Pierre, der bester Laune war, erzählte ihr, so lange sie wollte. Zum Beispiel erklärte er ihr, wie er früher nur mit einem Zweig die Skorpione aus ihrem Versteck gelockt und wie diese sich dann umgebracht hatten, wenn man sie mit einem Feuerkreis umschloß. Und auch, mit welcher Genauigkeit er seine Steinschleuder bei der Vogeljagd zu handhaben wußte. Er hatte schon einmal einen Spatzen verkauft, als dieser noch auf dem Baum saß. Und die Esel, ah! die Esel ...! Sie wollten nie schnell laufen, doch wenn man ihnen ein Stück Peperoni in den Anus schob, konnte man sicher sein, daß sie wie Vollblüter losgaloppierten. Wie arabische Vollblüter! Während der enthusiastischen Schilderung ihres Freundes veränderten sich Mamayas Züge. Und die Erhabenheit, die in den Worten »arabische Vollblüter« lag, schmeichelte ihr. Welch wundervoller Rasse sie doch angehörte! Bald lächelte sie, bald blickte sie mitleidvoll drein, verzog das Gesicht oder jubelte, doch ihr Blick blieb unverwandt auf Pierres Augen gerichtet; seine blauen Augen, in denen sich das Licht

der Neonlampen spiegelte. Also enthüllte ihr der junge Mann alles und machte seine wundervollen Heldentaten noch wundervoller. Und er wagte es sogar, der jungen Dame von dem geheimen Abenteuer seines Cousins mit Alis Esel zu berichten, wenngleich er sich geschworen hatte, es nie weiterzuerzählen. Mamaya gelobte ihrerseits ewiges Schweigen. Noch nie im Leben hatte sie etwas ausgeplaudert, was man ihr anvertraut hatte!
Die Sache war im letzten Frühjahr vorgefallen, als Pierre Ferien auf dem Bauernhof seines Onkels machte. In Begleitung seines Cousins Philippe und des jungen Schäfers Ali verbrachte er seine Tage damit, in der Gegend herumzustreifen. Gemeinsam erkundeten sie die Umgebung, die Waldwege, die plötzlich in unbekannte Lichtungen mündeten, auf denen sie Schlangeneier fanden. Ali brachte ihnen bei, wie man Vögel mit Leimruten fing, ohne sie dabei zu töten; alle drei liebten sie es nämlich, sich Fertigkeiten auszudenken, derer es bedurfte, um im Dschungel *zu überleben:* Man weiß ja nie, was das Schicksal für einen bereithält!
Sie waren etwa fünfzehn Jahre alt, ein Alter, in dem oft unerwartet das Glied in der Hose anschwillt. Auch in dieser Hinsicht war Ali ihnen um einiges voraus, hatte er doch schon seit langem die intimen, das heißt einsamen Spielchen hinter sich gelassen. Seine Gespielin war niemand anderes als ein entzückender kleiner Esel mit silbrigem Fell, das so weich war wie das eines Kaninchens. Er wohnte ihm nachts bei, wenn Menschen und Tiere schliefen. Als typische Stadtkinder wollten sich die beiden Cousins die Sache natürlich gern einmal näher ansehen. Philippe behauptete sogar, vielleicht nur um sich

zu brüsten, daß er bereit sei, selbst eine solche Erfahrung zu machen. »Daran soll es nicht mangeln!« gab Ali zurück, und man verabredete sich bei Einbruch der Nacht vor dem Stall. Sie hatten nichts zu befürchten, denn er war schlau genug gewesen, die Türangeln zu ölen. Die Nacht war klar, und es herrschte eine unheimliche Stille. Selbst die Hunde bellten nicht, als die beiden Jungen an ihnen vorbeischlichen. Ali erwartete sie an der vereinbarten Stelle, und sie folgten ihm. Die Tiere im Stall fühlten sich durch die Eindringlinge gestört und wurden unruhig. Ali schlich vorsichtig voran, zündete eine Kerze an, befestigte sie an dem Lattenverschlag und ging zu dem kleinen Esel. Der nahm direkt neben der Kerze sogleich die richtige Stellung ein. Der Schäfer zog eine Sicherheitsnadel aus der Tasche und stieß sie mit einem kräftigen Ruck in den plüschigen Schwanz des Esels, der sich sogleich wie durch ein Wunder aufrichtete, so daß die edlen Teile des Tieres sichtbar wurden. Nun gab es für Philippe kein Zurück mehr. Vielleicht war er ja auch den Reizen des Tieres erlegen, wer weiß? Auf alle Fälle holte er ohne zu zögern sein steifes Glied hervor, hielt das Tier am Hinterteil fest und stieß es in seine offensichtlich sehr einladenden Eingeweide. Pierre brach in schallendes Gelächter aus, und der Schäferjunge schloß sich ihm an. Im selben Augenblick wich der kleine Esel zurück. Gezwungenermaßen mußte Philippe der Bewegung folgen. Miteinander verschweißt gelangten die beiden Liebenden – unter den verblüfften Blicken der anderen Tiere – auf diese Weise zwangsläufig an den Futtertrog; doch der starrköpfige Esel wollte nicht aufhören und drängte weiter rückwärts. Philippe wurde so heftig gegen die Mauer gedrückt und dann angehoben, daß er kaum mehr atmen konnte; sein Gesicht war schweißüberströmt, der Unterleib wurde von einem stechenden Schmerz gepeinigt. Statt ihn zu befreien, rollten sich seine beiden Komplizen vor Lachen am Boden. Der arme Junge stieß zunächst einen rauhen, unterdrückten Schrei aus, der bald spitzer und durchdringender wurde und dann zu einem verzweifelten Gebrüll anschwoll. Schließlich tauchte in der Ferne das schwankende Licht einer Lampe auf. Pierre und Ali machten sich aus dem Staub und überließen ihren Kameraden seinem Schicksal. Mit Stöcken bewaffnet eilten die Besitzer des Tiers auf den Stall zu. Zu ihrer großen Überraschung entdeckten sie den jungen Herren ohnmächtig und in einer äußerst eigenartigen Stellung. Ohne auch nur eine einzige Bemerkung zu machen, befreiten sie ihn aus seiner Liebesumarmung.

»Und dann?« fragte Mamaya, die an den Lippen des Erzählers hing.

»Nun, das war das letzte Mal, daß mein Cousin mit mir gesprochen hat«, gab Pierre zurück.

Die Glocke hatte schon vor einer guten Weile neun Uhr geschlagen, ohne daß der Junge und das Mädchen darauf geachtet hätten. Es regnete nicht mehr, und die Schüler begaben sich langsam wieder in die Schlafsäle. Als die beiden Freunde später das Klassenzimmer verließen, war der Hof bereits leer. Während sie nebeneinander gingen, berührten sich plötzlich flüchtig ihre Hände. Einmal und dann ein zweitesmal. Ein verlegenes Lachen. Dann fanden sich ihre Hände, als würden sie ihrem eigenen Willen folgen. So schritten der Junge und das Mädchen langsam Seite an Seite einher, ohne sich auch nur anzusehen. Doch was machte das Schweigen schon aus, da sich doch ihre Finger gegenseitig alle möglichen Erklärungen gaben. Und auch Versprechungen. Es wurde langsam dunkel. Auf der ersten Treppenstufe blieb Pierre stehen, beugte sich über Mamaya und küßte sie. Sie wehrte sich nicht gegen ihren ersten Kuß. Im Gegenteil! Sie schob sogar die Zunge vor, als wolle sie ihm zeigen, daß sie Bescheid wußte. Es folgte eine lange Umarmung.

Schließlich trennten sich die jungen Leute schüchtern und errötend. Hinter dem heimtückischen Vorhang ihres Fensters wachte Madame Lisa über die Oberschule.

# Kapitel 6

Auf dem Schaffell werden zwei leuchtende Punkte sichtbar. Der Kater, denkt Mamaya, sicherlich hat ihn das Geräusch der Schritte auf dem Gang aufgeschreckt. Offenbar ist Johara in der Nähe. Diese leisen, kaum hörbaren Schritte sind typisch für sie. Doch es ist noch Nacht, warum schläft sie nicht? Mamaya kann sich nicht erinnern, geläutet zu haben. Ist das wieder einer der komischen Einfälle des Arztes? Bei seinem letzten Besuch hatten sie mindestens fünf Minuten vor der Haustür miteinander getuschelt. Waren sie etwa übereingekommen, daß … Nein, das würde Johara nicht wagen! Mamaya kennt sie gut genug. Nie im Leben würde sie so etwas tun. Unmöglich.

Die alte Dame schiebt ihren Fuß unter den Sessel, tastet nach dem Fleischpaket, berührt es und zieht es mit den Zehen hervor. Sie bückt sich vorsichtig, nimmt es an sich und preßt es an ihren Leib. Sie zittert.

Keine Angst, Mamaya! Niemand wird dir deine Brust stehlen, du kannst ruhig schlafen. Dieses kleine Nichts, das aus deinem Fleisch geschnitten, entwurzelt und in einer Plastiktüte erstickt wurde, interessiert niemanden. Nicht einmal deinen Kater!

Diese Brust hatte einst Pierre zum Leben erweckt. Die Zärtlichkeiten seiner Hand (einer schmalen, jungenhaften Hand) hatten ihr Leben eingehaucht. Ah, wenn Madame Lisa das geahnt hätte! Sie hätte eine solche

Schändung nicht überlebt: Ihr Bett, ihr sauberes Bett mit dem Blut einer Schülerin – noch dazu einer Araberin – besudelt! Es ist eindeutig, daß das Herz der heiligen Herrin über das Gymnasium Mangin dem nicht standgehalten hätte; sie hätte die Oberschule verlassen, die Stadt oder vielleicht sogar das Land! Diese Geschichte lebte, wenngleich sie mehrere Jahrzehnte zurücklag, wie eine Zeichen im Zentrum von Mamayas Erinnerung fort. Wie hatte sie sich in dieser Nacht von Pierre überreden lassen können, ihn in seine Wohnung zu begleiten? Die Abwesenheit seiner Eltern war nur ein dürftiges Argument, sie hätten jederzeit zurückkommen können. Wie hatten die Beine der Frischverliebten nur den Mut gefunden, die Treppe hinaufzusteigen? Und woher hatte sie vor der geöffneten Tür die Kühnheit genommen, die Schwelle zu überschreiten? Ein langer, finsterer Gang führte zum Zimmer ihres Freundes. Sie folgten ihm. Zur Linken befand sich Madame Lisas Aussichtsposten; viele der Pensionatsschüler träumten davon, ihn zuzumauern. Aus einer Laune heraus hatte Mamaya ihn anschauen wollen, und nach einigem Widerstand hatte Pierre es ihr schließlich erlaubt. Sie hatten den Raum betreten. Es war eine Art Boudoir, wie die kleine Kammer eines Burgfrieds, mit einem großen Glasfenster, das von einem feinen Tüllvorhang und einer granatroten Übergardine aus Samt geziert wurde. Auf einem Korbtischchen lag ein halb fertiggestrickter Pullover, und daneben thronte der Schaukelstuhl von Madame Oberaufseherin. Mamaya setzte sich hinein. Pierre stand hinter ihr und begann, sie zu schaukeln. Draußen war es dunkel. Der Wind trieb bisweilen den Duft der Eukalyptusbäume zu ihnen herüber. Der Schulhof lag verlassen da. Mamaya dachte daran, wie er bei Tage aussah, wenn er von aufgeregten Schülern und wildem Geschrei erfüllt war. Sie stellte sich vor, daß sich der liebe Gott im Himmel, umgeben von seinen Engeln, sicherlich ebenso unbekümmert in einem Schaukelstuhl wiegte: Wenn er die Leute so aus der Höhe betrachtete, amüsierte er sich sicherlich über ihre kleinen Leiden, ihre Zweifel und ihre Verzweiflungen. Bestimmt bot dieser kleine Ameisenhaufen von Sündern dem Herren einen angenehmen Zeitvertreib. Zögernd schob Pierre seine Hand unter Mamayas Bluse. Sie erschauderte und hörte auf, an den lieben Gott und seine Ameisen zu denken, ja, sie hielt sogar den Atem an. Das Blut pochte in ihren Schläfen, durchflutete ihr Gesicht und ihr Herz, das unter den Händen des Jungen schlug. Ein Frösteln durchlief ihren ganzen Körper. Ihre linke Brust (die, die jetzt in ihrem Leichentuch aus Plastik ruhte) begann zu beben. Sie brodelte wie eine Quelle. Pierre kniete sich neben sie und raunte ihr ein paar zärtliche Worte zu. Seine Worte waren wie eine sanfte Brise, die das eigenartige Gefühl nur noch mehr verstärkte. Er faßte sie sanft bei der Taille, zog sie hoch und führte sie in das Schlafzimmer seiner Eltern. Mamaya setzte sich auf die Bettkante, die Knie zusammengepreßt, die Arme fest vor der Brust verschränkt. Pierres Blick ruhte auf ihrem Busen. Ein ruhiger, zärtlicher Blick. Ein Blick, der Sicherheit ausstrahlte. Seine Stimme klang plötzlich erwachsen. Als er ihr Kleid aufknöpfte, entspannte sich Mamaya mehr und mehr. Die Dämmerung verhüllte die Scham ihres halbnackten Körpers. Pierres Küsse wurden drängender und erobernder, seine Zunge erforschte auch den verstecktesten Winkel, sie glitt von ihrem weißen Hals über die roten Lippen hin zu dem aufkeimenden Verlangen und fand dann ihr Ohr. Schließlich gaben Mamayas Schenkel nach und nahmen den Körper ihres Freundes auf. In diesem Augenblick gab es nichts mehr, das von Bedeutung war. Die Welt verlor ihren Ernst, die Verbote fielen, und die Angst wich. Als der Schmerz sie durchzuckte, stieß Mamaya einen Schrei aus; ein kleiner Schrei wie der eines Vögelchens drang aus ihrer Kehle und mischte sich in das Stimmengewirr, das von anderswo herkam. Diese Stimmen hallten noch heute in ihrem Kopf wider. Ihre Umarmung war lang, sie dauerte die ganze Nacht über.

Im Laufe ihres Lebens hat die Zeit Mamayas Erinnerungen in eine Aschenwüste verwandelt, kalte Asche, die jedoch noch von einigen Gestalten aufgewühlt wird!

Zum Beispiel Sidi Magdoul, der Schulmeister. Er taucht wie ein Hampelmann aus der Dunkelheit auf.

Zur Zeit der Oberschule Mangin arbeitete dieser Herr in der Residenz. Er war Dolmetscher. Sein Vater, der einem Pascha blind zu Diensten war, hatte ihm diesen Schlüsselposten verschafft, um den ihn viele beneideten: Zur Verwaltung zu gehören – und sei es auch nur im entferntesten Sinne – verlieh einem in den Augen aller das Recht, den weißen Burnus der Macht zu tragen. Ab diesem Zeitpunkt stand einem die Tür zum Himmel offen, und die Sterne hatten sich ruhig zu verhalten. Doch so würdevoll auch die Arbeit eines Dolmetschers an der Residenz sein mochte, das Gehalt war recht bescheiden. Aber das spielte keine Rolle, denn der Schulmeister lebte mehr als anständig dank der unzähligen Geschenke, die ihm die Bauern das ganze Jahr über machten: hier eine Steige Tomaten, dort ein halbes Lamm oder aber Olivenöl, Zucker und, von den Ärmsten, ein Dutzend Eier oder einige lebende Hühner. Die Terrasse seines Hauses glich einem Hühnerstall und das Untergeschoß einem Gemischtwarenladen. Wenn sich Sidi Magdoul für jemanden verwenden sollte, verlangte er die Bezahlung in bar, und er räumte keinerlei Kredit ein. Die Übergabe des Geldes durfte nicht von Hand zu Hand erfolgen, er respektierte die Sitten: Also hielt er die Kapuze seiner Dschellaba auf, in die der Bittsteller die vereinbarte Summe gleiten ließ. So konnte er ruhigen Gewissens vor seinen Angehörigen beschwören, daß seine Hände allen bösen Zungen zum Trotz rein waren!

Er war ein Mann von beeindruckender Größe mit einem aufgedunsenen Gesicht und habsüchtigen Augen. Seine wulstigen Lippen, die ein eckig getrimmter Schnurrbart zierte, schienen ständig zu unschuldigen Küssen gespitzt. Die Finger waren fett, die Nägel sauber manikürt. Seine Babuschen aus weichem Leder wirkten immer neu.

Wegen aller möglichen den Hof betreffenden Amtsgänge begleitete Mamaya ihre Mutter häufig zur Residenz. Sidi Magdoul, der sich von der jungen Dame sehr angezogen fühlte, beeilte sich, ihnen seine Hilfe anzubieten, *damit das Gesuch der Damen schnellstens befriedigt wurde!* Höchstpersönlich begleitete er sie von Etage zu Etage, von Flur zu Büro. Sidi Magdoul hatte eine eigenartige Haltung: Er ging wie ein Pascha, dem sein dicker Wanst voraneilt! Da er unter einem chronischen Schiefhals litt (ein Unglück, das die meisten Notabeln heimsucht), ruderte er förmlich auf seinen Babuschen daher; er glich einem Fächer, der sich im Winde dreht. Das amüsierte Mamaya. Wenn sie vor unterdrücktem Gelächter gluckste, kniff ihre Mutter sie heimlich oder warf ihr strafende Blicke zu.

Jedesmal lehnte Magdoul mit feinen Manieren den Umschlag ab, den ihm Merième am Ende des Besuchs anbot.

»Aber es ist nichts, Monsieur. Gerade genug, um den Kindern eine Kleinigkeit zu kaufen!«

»Ich bin nicht verheiratet, Madame!« protestierte der Schulmeister. »Und ich habe auch keine Kinder!«

Merième antwortete darauf mit zweifellos übertriebener Verwunderung. Und so kam Sidi Magdoul unweigerlich auf das Thema Ehe zu sprechen.

»Ein schöner Mann wie Sie braucht doch nur die Hand auszustrecken, und schon fliegt ihm das hübscheste aller Mädchen zu!«

»Warum quälen Sie mich so, Madame?«

»Aber es gibt doch Mädchen genug, Sidi Magdoul!«

»...«

»Meine Tochter ist noch zu jung, das wissen Sie genau!«

»Ich würde warten, Madame. Egal wie lange. Ein Ja, nur ein leises Ja aus Ihrem Mund, und das Freudengeschrei meiner Mutter würde zum Himmel aufsteigen. Sie würden es bis zu Ihrem Haus hin hören! Die ganze Stadt würde es vernehmen!«

»Aber, mein Freund, Sie sind nicht mehr in dem Alter, wo man träumt!«

Doch der Schulmeister gab nicht nach.

»Wenn sie um die Hand eines Mädchens anhalten, bringen die Familien gewöhnlich zwei Säcke Zuckerbrot; die meine hingegen würde mit zwei vollbeladenen Wagen kommen. Statt einigen Kanistern Olivenöl würde sich von meinem Haus zu dem Ihren ein wahrer Strom ergießen. Normalerweise schenkt man ein Armband, doch ich würde mit einem Gürtel aus massivem Gold kommen … Ich würde Ihre Tochter zu einer Prinzessin machen, Madame …, darauf gebe ich Ihnen mein Wort als Dolmetscher!«

»Das reicht«, unterbrach ihn Merième. »Mit all diesen Ausgaben würden Sie schließlich die ganze Residenz ruinieren!«

»Nur ein Versprechen, Madame, und Sie machen mich zum glücklichsten Mann auf der Welt!«

»Später … Später!« räumte sie ein und wandte sich zum Gehen.

Die Besuche endeten immer auf der weißen Marmorfreitreppe der Residenz mit einer kaum verhohlenen Ablehnung von Merième und der stillen Freude von Mamaya. Angesichts der (vielleicht vorgeblich) betrübten Miene des Schulmeisters fühlte sie sich plötzlich als Frau.

Doch das »Später«, das ihre Mutter immer wieder verkündete, sollte früher eintreffen als geplant. Am Ende des Schuljahres, als die Kleine wie gewöhnlich von all ihren Lehrern mit Lob überhäuft wurde, erklärte sie plötzlich, daß sie nicht auf die Oberschule Mangin zurückkehren würde.

Es war ein warmer Sonntag im ausklingenden Frühling, und die Natur hatte noch ihr Grün bewahrt. Am blauen Himmel schob sich kein einziges Wölkchen zwischen die Sonne und Pierres klare Augen, die strahlender waren denn je. Der Träger hatte die Koffer bereits auf seinen Karren geladen und wartete ungeduldig vor dem Tor des Pensionats. Die beiden jungen Leute lehnten mit schüchtern verschlungenen Händen an der Mauer und schwiegen. Die Kirchenglocken hatten zu läuten begonnen, und ein durch den Lärm aufgeschreckter Vogelschwarm flatterte von den Bitterorangenbäumen hoch, die die Straße säumten.

»Ich liebe die Vögel«, sagte Mamaya. »Sie sind frei!«

»Ich auch«, erwiderte Pierre. »Sehen wir uns bald wieder?«

»Ja, bald«, bestätigte sie.

Langsam lösten sich ihre Finger, und Mamaya entschloß sich, als erste zu gehen. Der alte Mann, der den Karren zog, war kräftig wie ein Esel; von Zeit zu Zeit wandte er sich um und versicherte sich, daß das junge Mädchen ihm folgte.

Natürlich folgte sie ihm. Mit unterdrücktem Schluchzen und taumelndem Schritt. Ihre Gedanken befanden sich in wirrem Aufruhr, doch sie lief hinter dem Karren her wie hinter einem Leichenwagen. Von Zeit zu Zeit kamen sie an Männern vorbei, die laut lachend um eine Teekanne hockten – sorglose Menschen, die nichts von ihrem Kummer wußten! Sie hätte sich gewünscht, daß es regnete, der Regen sollte in Strömen fallen und die ganze Stadt überschwemmen. Der Himmel sollte grau sein! Grauschwarz! Sie wollte die dunkle Trauer in Pierres sanften Augen nicht mehr sehen, sie nicht mehr, wie eine Last, die man mitschleppt, auf ihrem Rücken spüren, nicht mehr auf ihrem feuchten Nacken oder an den Wurzeln ihrer Haare, die sie sich am liebsten ausgerissen hätte;

nein, sie würde nicht umkehren, nicht zurückgehen, um sich noch einmal in die Arme ihres Freundes zu werfen. Sie würde nichts von alledem tun. Denn dann würde sie nur Madame Lisas Lachen zu hören bekommen, die an ihrem Fenster saß. Ein spöttisches Gelächter. Mamaya hatte vom Tor aus gesehen, daß sie wieder auf ihrem Beobachtungsposten saß. Sicher, ihre tränenerfüllten Augen hatten nur einen undeutlichen Schatten wahrgenommen, der jedoch ebenso gegenwärtig war wie Pierres Gesicht. Das Bild einer wachsamen Polizistin, das sie daran gehindert hatte, den Jungen zu umarmen. Dabei spürte sie, daß ein letzter Kuß die Bitterkeit des Abschieds gemildert hätte. Eines, wie sie wußte, endgültigen Abschieds ...
Auf halbem Weg spürte Mamaya plötzlich Übelkeit in sich aufsteigen. Da sie sich elend fühlte und sich kaum noch auf den Beinen halten konnte, rief sie dem Träger zu, er möge anhalten. Nur für einen kurzen Augenblick. Doch der Mann stellte sich taub und verlangsamte seinen Schritt nicht im geringsten: Man hätte glauben können, daß der Karren sein Tempo bestimmte. Sie versuchte es noch einmal. Vergeblich. Als der Träger ihr schon gut einhundert Schritte voraus war, nahm sie all ihre Kräfte zusammen, um ihn einzuholen.
»Bitte, Monsieur, halten Sie an!«
»Keine Zeit, Mädchen!«
»Mir ist schwindelig, bitte!«
»Ich mache hier keinen Spaziergang, Kind, ich habe neun Mäuler zu stopfen, da kann man nicht warten. Und dabei habe ich die Mutter noch nicht mitgezählt!« fügte er hinzu. »Ein wahrer Schlund, die Mutter! Los, steig auf!

Setz dich irgendwo neben die Koffer. Und beeil dich, wir kommen gleich an einen Hang.«

Mamaya hatte keine Kraft, also ließ sie sich auf das nächstbeste Mäuerchen sinken. Der Träger murmelte einige böse Worte, gab schließlich nach und wartete, er war selbst müde, und sein lehmbraunes Gesicht glänzte vor Schweiß.

Sie befanden sich auf einem überfüllten Platz am Rande der Altstadt. Der Geruch nach Gegrilltem erfüllte die Luft. Das junge Mädchen hatte plötzlich Lust auf eine Merguez. Doch leider hatte sie keinen Pfennig Geld bei sich, und der übellaunige Träger würde ihr sicher nichts leihen. Also verzichtete sie schweren Herzens darauf. Vor dem Tor der Moschee saß eine Gruppe von Bettlern, die sich gegenseitig mit Gebeten übertrafen und bei der Schilderung ihrer Gebrechen miteinander wetteiferten. Ein wenig weiter entfernt saßen Hand in Hand die Blinden, die ihr Leid zusammenwarfen und im Chor das Mitleid der Gläubigen zu erregen versuchten. Von wildem Gebrüll verfolgt, lief ein Straßenjunge so schnell er konnte über den Platz und verschwand dann in einer benachbarten Gasse. Er hatte sicherlich einen Brotlaib gestohlen. Oder vielleicht eine Merguez. Mamaya blieb regungslos auf dem Mäuerchen hocken. Der schlechtgelaunte Träger warf ihr ungeduldige Blicke zu. Also erhob sie sich endlich und beschloß, da sie sich noch recht schwach fühlte, auf den Karren zu klettern und sich zwischen zwei Koffern einzurichten. Was sollte die Sorge um ihr weißes Kleid! Sie würde es später zum Waschen geben. Auf der abschüssigen Straße beschleunigte der Träger seinen Gang, seine sehnigen Hände umklammer-

ten fest die Deichselstangen. Mit seiner krächzenden Stimme bahnte er sich – bisweilen gewaltsam – seinen Weg zwischen Bündeln, Eseln, Fahrrädern und anderen kaputten Fahrzeugen hindurch. Hier einen Fluch, dort eine Entschuldigung ausstoßend, erreichte er schließlich das Haus. Mit Hilfe des Dienstmädchens lud er die Koffer ab und ließ sich bezahlen, nicht ohne den zuvor ausgehandelten Preis um einige Sous zu erhöhen, und zog sich dann unter Verbeugungen zurück.
Mamaya ging durch den Innenhof, der in der Mittagssonne dahindämmerte. Im Schatten des Tores schwatzten auf Schaffellen ausgestreckt ihre Schwestern miteinander. Ihr Bruder Adam versteckte sich hinter einer Säule. Oft machte er sich einen Spaß daraus, sie durch einen unerwarteten Schrei zu erschrecken. Mamaya entdeckte ihn schon von weitem, doch heute war ihr nicht nach Scherzen zumute. Und diesmal verhielt er sich ruhig, als sie an ihm vorbeiging. Erstaunt wandte sie sich um. Der Kleine sah traurig aus.
»Willst du mich nicht küssen?« fragte sie.
Er kam auf sie zugelaufen und umarmte sie.
»Was hat man dir denn schon wieder angetan?« fragte sie.
»Nichts«, gab Adam zurück.
»Bist du sicher?«
»Sag, sie wird dich doch nicht schlagen?«
»Wer?«
»Mama.«
»Nein, mein Liebling.«
»Seit heute morgen schreit sie herum. Sie hat die Spieße zum Erhitzen auf das Kohlebecken gelegt und gesagt,

daß sie sie auf den Mund derjenigen drücken werde, die es wagt zu sagen ›Ich gehe nicht mehr zur Schule‹.«

»Keine Sorge, mein Liebling, das werde ich schon klären.«

»Aber wenn du nicht wieder zur Oberschule gehst, kann ich es dann nicht genauso machen?«

»Red keinen Unsinn«, sagte sie und zog die Augenbrauen hoch. Doch dann zwang sie sich zu lächeln und umarmte ihn erneut.

Er war ihr Lieblingsbruder. Adam war ein angenommenes Kind, das sie im Jahr der Typhusepidemie aufgelesen hatten. Obgleich Mamaya damals noch klein gewesen war, erinnerte sie sich ganz genau daran. Papa hatte den großen schwarzen Wagen vor der Einfahrt zum Hof angehalten. Nach der langen Reise schliefen die Geschwister, die hinten im Wagen eingezwängt waren, eines an das andere gelehnt. An der Mauer hockte eine Beduinin; sie stillte ihr Kind und schien dabei eingenickt zu sein. Sicherlich schlief sie schon eine gute Weile, denn der Schatten der Palmen war bereits weitergewandert, und um sie herum schwirrten Fliegen. Mama drehte die Scheibe hinunter und rief der Frau zu, sie solle nicht mit dem Kind in der Sonne bleiben. Doch diese rührte sich nicht vom Fleck und antwortete auch nicht. Also öffnete Merième die Wagentür, hob einen Stein auf und warf ihn in ihre Richtung. Keine Reaktion. Aufgebracht stieg Papa schließlich aus, ging auf die Frau zu und schüttelte das Lumpenbündel. Der Kopf der Bäuerin glitt zur Seite, und man sah ihr bleiches, welkes Gesicht. Ihr über das Kind gebeugter Körper war noch verkrampft, und die mütterlichen Arme umklammerten den Säugling, um ihn vor dem Tod zu schützen. Als erfahrener Soldat untersuchte Papa sofort ihre Pupillen und fühlte ihren Puls. Nichts. Die Beduinin war tot. Inzwischen war auch Merième, die das Schlimmste befürchtete, ausgestiegen. Doch Papa verstellte ihr den Weg:

»Steig wieder ein, ihr ist nicht mehr zu helfen.«

»Aber vielleicht ist das Kind noch nicht tot!«

»Aber sicherlich bald! Komm zurück!«

Doch Mama ging mit vor Angst zusammengeschnürtem Herzen auf die Tote zu.

Das Baby, das vor Fieber glühte und so schwach war, daß es nicht einmal mehr weinen konnte, lag in den dreckigen Lumpen und riß die Augen auf. Zwei kleine schwarze Punkte sahen sie aus dem braunen Gesichtchen an, als wollten sie sagen: »Erbarmen!« Ohne weiter zu überlegen, nahm Merième das Kind in die Arme.

»Ich behalte es!« sagte sie.

»Ich bitte dich!« schalt sie der Vater, dem es nur mühsam gelang, seinen Zorn zu unterdrücken, »seien wir doch vernünftig!«

»Hast du nicht gehört? Ich behalte es!«

»Aber du weißt genau, daß der Kleine Typhus hat. Denk doch an deine eigenen Kinder ...«

Mama hielt es nicht für nötig zu antworten, ihr zorniger Blick duldete keinen weiteren Widerspruch. Wütend ließ Vater die schläfrigen Geschwister aussteigen und brachte sie ins Haus. Merième setzte sich mit dem Baby wieder in den Wagen, verscheuchte einige hartnäckige Fliegen von seinem Gesicht, bedeckte seinen Kopf und wartete.

Wenngleich Vater ein tapferer Soldat war, ergab er sich

schließlich, und das wußte sie genau, außerdem wollte er ihr nicht wehtun. Der Fuhrmann und sein Sohn, die jetzt die Funktion des Totengräbers übernommen hatten, machten den Eingang zum Hof frei, wickelten den Leichnam der Frau in eine alte Decke und luden sie auf den Karren. Ihre Gesten waren zu jener Zeit der Epidemie so alltäglich geworden, daß es ihnen an jeglicher Pietät fehlte. Zurückhaltend grüßten sie die Herrin und entfernten sich in Richtung Friedhof.

Schließlich kam Vater widerwillig zurück, schimpfte ein wenig, wendete den Wagen und fuhr zur nächstgelegenen Stadt ... »Wir müssen Eis auftreiben, das ist das einzige Mittel, um das Fieber zu senken«, sagte Merième. Eis wurde zu jener Zeit mit Gold aufgewogen. Sie fuhren den ganzen Nachmittag herum, von Cafés zu Lagerhallen und zu Krankenstationen. Doch es war kein Eis zu finden. Spätabends trafen sie schließlich auf den Chef der Wache, einen alten Freund, der ihnen seine eigene Eisration überließ. So wurde Adam gerettet. Und jetzt preßte er seine lebendigen, geröteten Wangen in Mamayas Arme und stammelte tiefbekümmert wirre Worte.

»Geh«, sagte sie, »geh spielen.«

Sie verbrachte den ganzen Nachmittag in Merièmes Zimmer. Mutter und Tochter diskutierten unter vier Augen. Man hörte weder Weinen noch Schreie. Als Mamaya das Zimmer schließlich verließ, entdeckte sie Adam auf dem Brunnenrand. Das Kind war von Kopf bis Fuß tropfnaß. Doch sie schimpfte nicht mit ihm.

»Siehst du, mein Liebling, sie hat mich nicht geschlagen«, flüsterte sie ihm zu, faßte das Kind bei der Hand und zog es zum Schlafzimmer der Jungen.

»Du bist schon ein großes Mädchen.«
»Komm, ich will dich umziehen.«

Nach der Rückkehr des Vaters heiratete Mamaya den Schulmeister. Sechs Monate später kam der Abwesende zur Welt. »Eine Frühgeburt«, behaupteten heimlich die bösen Zungen. Doch niemand wagte, es laut auszusprechen.

# Kapitel 7

Der Strom ihrer Gedanken ist ungeordnet und bewegt, bisweilen schwillt er an wie ein Fluß bei Hochwasser. Die Flutwelle rollt weiter voran. Mamaya thront allein auf der Insel ihrer Erinnerungen, ihre Seele ist schutzlos; die Augen halb geschlossen, die lebendige Brust mit den Händen geschützt, läßt sie sich von ihr überspülen. Von Kopf bis Fuß. Doch die heftige Strömung reißt sie nicht mit. Zumindest nicht in dieser Nacht. Ihr Herz wehrt sich dagegen. Unbeweglich und leer liegt sie ausgestreckt unter den Trümmern ihrer Vergangenheit. Und schweigt. Denn das Denken führt in den Abgrund. Ah, das Denken ... Man müßte es im Keim ersticken, es am Ausschlüpfen hindern, es abtöten. Von ihm geht alles Schlechte, alles Unglück aus. Ja, man müßte es kastrieren wie früher die Sklaven. Ein harter Schlag auf die Hoden, kalt und treffsicher. Nur ein einziger Schlag. Und das Denken wäre zermalmt wie der Hodensack der Neger! Was bedeutet es, einen Mann zu kastrieren? Man schlägt künftigen Kindern die Tür vor der Nase zu. Ungeborene Kinder, die weder gute noch schlechte Gedanken haben; und kein Mensch könnte sie zwanzig Jahre lang, in der Vergessenheit eingemauert, verfaulen lassen. Wenn sie das geahnt hätte, hätte sie den Abwesenden sicherlich nie gezeugt. Sie hätte ihn gern in diesem Warteraum gelassen (an jenem Ort ohne Namen), an dem die noch nicht ausgereiften Seelchen herumschweifen, ehe sie wirkliche Seelen und wirkliche

Körper werden, Sterbliche, Abwesende. An diesem Ort, dem sie eines Tages – verdammt sei er! – selbst entschlüpft war. Wenn sie noch einmal die Wahl hätte, würde sie sich nicht der Herde anschließen. O nein! Sie würde im Nichts ausharren. Kein Gesetz und kein Engel hätten Autorität oder Kraft genug, sie in den Abgrund zu stürzen. Sie hätte widerstanden und sich, wenn es sein mußte, sogar gegen den lieben Gott selbst aufgelehnt! Oder sie hätte sich für das ewige Herumirren entschieden. Ja, wenn sie gewußt hätte, daß man ihr eines Tages ihr Kind wegen des Denkens nehmen würde, hätte sie ihn kastriert ... wen hätte sie kastriert? Den Schulmeister? Aber dieser arme Dummkopf war ja nicht schuld! Er hatte sich oft wie ein Filou benommen, aber er war kein wirklich schlechter Kerl gewesen. Er hatte diesem Kind sogar seinen Namen gegeben. Ja, er war nur ein wenig verrückt gewesen, wie das bei Poeten zumeist der Fall ist.

Nach dem Abzug der Kolonialherren war die Residenz in ein Polizeipräsidium umgewandelt worden. Im Kommissariat brauchte man keinen Dolmetscher, die Sprache, die dort gesprochen wurde, war allgemein bekannt. So war der Schulmeister wieder in seinen alten Beruf zurückgekehrt und hatte diesen zweisprachig ausgeübt. Am Monatsende brach zu Hause regelmäßig Krieg aus, denn ein guter Teil seines Gehalts wurde für seine Kleidung verwendet: ein Paar neue Babuschen oder Stoff für eine Dschellaba ... Aber reiner Mohair bitte! Er behauptete steif und fest, daß überall der Wert eines Menschen zunächst an seiner Kleidung und erst dann an seinem

Wissensstand gemessen werde. Das machte Mamaya wahnsinnig. Die Kinder hatten kaum etwas zu essen, und dieser arme Idiot … Nein, sie würde nicht länger bei diesem Mann bleiben, seine Geschichte hatte sie in der Versenkung verschwinden lassen, im Abwasserkanal der Erinnerung. Wie viele rachsüchtige Freudenfeuer hatte sie mit der Garderobe ihres Herren Gemahls angezündet? Ihre Finger reichten nicht aus, sie zu zählen. Um das Gemetzel zu vervollständigen, hatte sie oft, wenn auch nur widerwillig, seine Bücher, seine Hefte und seine Gedichtsammlungen hinterhergeworfen – ein furchtbares Mittel, das ihn bis ins Mark traf. Wie oft hatte sie ihn in der Öffentlichkeit gezüchtigt und vor seinen Kindern gedemütigt? Verlorene Liebesmühe. Er verteidigte sich nie. Er verschränkte die Arme hinter dem Rücken und streckte ihr sein Gesicht entgegen. Er ging sogar so weit, sich zu ihr herabzubeugen, denn er war zu groß und sie zu zierlich. Stoisch ertrug er es, wenn sich ihre Fingernägel in sein Gesicht gruben, und bemühte sich, sie mit beinahe freundlicher Stimme zur Vernunft zu bringen: »Aber Lalla Mina, es ist das Gesicht eines Weisen, das du da zerkratzt. Komm wieder zu dir, die Leute beobachten uns. Nicht auf der Straße, bitte. Komm, wir gehen nach Hause. Nein, ich werde nicht die Hand gegen dich erheben, wie könnte ich! Sind es meine Babuschen, die dich so aufregen? Hier, nimm sie. Ich gehe barfuß. Aber laß uns nach Hause gehen, den Kindern zuliebe. Hörst du nicht, wie sie im Hof weinen? Nun komm schon, du machst dir nur die Hände schmutzig. Wisch sie an meiner Dschellaba ab, es macht nichts, daß sie neu ist … du hast ja recht, ich sollte keine neue Dschellaba haben, ich werde keine mehr kaufen, das verspreche ich dir. Nun komm, schlag nicht so heftig zu, Lalla Mina, du wirst noch deine Knöchel verletzen, deine Handgelenke, sieh nur, sie sind voller Blut. Ich hoffe, es ist meines, ich würde es mir nie verzeihen, wenn es deines wäre.«

Die Nachbarn in der Sackgasse lauschten hinter ihren geschlossenen Türen, doch niemand traute sich hinaus. Nur Chaïbia, die Nachbarin, wagte, sich ihnen mit ihrem jüngsten Kind im Arm zu nähern; um sie zu trennen, rief sie Gott und seine Propheten an und die Tränen ihres Kleinen, den sie vor sich schwenkte wie eine weiße Fahne. Doch man muß sagen, daß sie ihre Vermittlungsversuche ein wenig hinauszögerte, damit Mamaya, ihre alte Freundin, ihren Groll an dem heiligen Gesicht des Schulmeisters auslassen konnte. Johara tat alles, um die Kinder von dem Streit fernzuhalten, und der Älteste holte Alkohol, Watte, Verbandszeug, Pflaster und eine Schüssel frisches Wasser und baute alles im Schreibzimmer seines Vaters auf. Unter Mißachtung von Mamayas gefährlichen Drohungen und Verboten, sich diesem Monster zu nähern, ging er zu seinem Vater und verband seine Kratzwunden. Dann herrschte Stille in dem Haus, das Johara doppelt verriegelt hatte. Jene schwere, oft dauerhafte Stille, die einem Gewitter folgt.

# Kapitel 8

Jedes Jahr im März wird Mamaya krank. Eine alte Gewohnheit, die auf die Zeit zurückgeht, als *das Übel* sich noch nicht in ihrem Inneren eingenistet hatte, jene Zeit, als die Zellen ihren Körper, wie es Doktor Perez auszudrücken pflegte, »noch vernünftig waren und sich nicht wie die Tiere gegenseitig töteten«. Oder wie die Menschen.

Es ist kaum sechs Uhr, im Haus ist es noch dämmerig, doch draußen muß es schon hell sein, denn die Vögel singen schon seit geraumer Zeit. Mamaya hat die Nacht in ihrem Sessel verbracht, ihr Bett ist noch unberührt. Das ist das erste, was Johara auffällt, als sie ihr das Frühstück bringt. Doch sie hütet sich, ein Wort darüber zu verlieren, denn das mag Madame nicht. Sie nähert sich mit vorsichtigem und für sie ungewöhnlich langsamem Schritt, setzt eine beinahe fröhliche Miene auf und begrüßt ihre Herrin mit einem irgendwie eigenartigen »guten Morgen«. Sie geht an dem Kater vorbei, ohne ihm gegenüber die geringste Feindseligkeit zu zeigen, und stellt das Tablett auf den kleinen runden Tisch. Zwölf Tropfen aus der großen Flasche, zwei rote Tabletten, eine gelbe und eine weiße. Alles ist da, dazu drei Scheiben gebuttertes Brot und eine Schale mit warmer Milch. Johara kniet sich hin, den Rücken zu der Wand, an der der Kalender hängt. Heute wird sie kein Kalenderblatt abreißen. In dieser Hinsicht war die Anweisung des Doktors eindeutig gewesen: »Den 11. März werden wir übergehen. Wir werden so tun, als ob es diesen Tag nicht gäbe. In diesem Jahr werden wir ihn einfach streichen. Was ist schon ein Tag im Leben eines Menschen? Nichts als ein Staubkörnchen, meine gute Johara! Ich verlasse mich ganz auf Sie, an diesem 11. März darf es keine Auseinandersetzung geben! Vor allem, widersprechen Sie ihr nicht. Es ist der Geburtstag des Abwesenden, und sie könnte vielleicht einen Rückfall erleiden!«

Mamaya sitzt regungslos da. Sie scheint Mühe zu haben, ihren schweren Kopf zu heben. Die Hände hat sie übereinandergelegt.

»Das Brot ist noch warm«, sagt das Dienstmädchen und schiebt das Tablett näher zur Herrin.

Mamaya antwortet nicht. Doch Johara läßt nicht locker, nach einer kurzen Weile fährt sie fort:

»Ein Brot mit Butter wird Ihnen wirklich guttun, Madame, Sie wissen genausogut wie ich, daß Sie die Medikamente nicht auf nüchternen Magen nehmen dürfen.«

Mamaya stößt einen tiefen Seufzer aus. Ihre Augen, die von vielen feinen Fältchen umgeben sind, sind starr auf die Tapete gerichtet.

»Nur eine Scheibe, Madame, eine winzig kleine Scheibe.«

Mamaya schwingt heftig ihre Glocke. In Worte übersetzt soll das heißen: »In Gottes Namen, laß mich endlich in Ruhe!« Doch Johara gibt nicht auf. Um ihre Herrin zum Essen anzuregen und ihr die Sache zu erleichtern, tunkt sie das Brot in die warme Milch und hält es ihr entgegen. Mamaya reagiert noch immer nicht. Doch jetzt wacht Minouche auf, erhebt sich von seinem Schaffell und nähert sich dem Sessel. Mit seinem elendigen Miauen scheint er um Milch betteln zu wollen. Johara stellt sich taub und bleibt ungerührt: Hatte sie nicht am Vorabend einen, wenngleich einseitigen Waffenstillstand beschlossen? Mamaya nimmt schließlich das eingetauchte Brot, doch sie wirft es dem Kater zu. »Ganz ruhig, Johara, kein lautes Wort«, wiederholt das Dienstmädchen leise für sich. »Du wirst dich nicht vom Fleck rühren, selbst wenn dieses unwürdige Tier dabei ist, den Teppich zu verdrecken!« Dann richtet sie sich plötzlich auf und murmelt:

»Madame«, bemerkt sie, »wir müssen nächste Woche nach Sidi Boulghemour fahren. Wenn Sie nichts essen, glaube ich nicht, daß Sie bis dahin durchhalten werden.«

Nun bewegen sich unverhofft Mamayas Pupillen: Plötzlich öffnen sich in ihrem Gesicht zwei Fenster.

»Die Sache mit der Reise wird sicherlich ihre Wirkung nicht verfehlen«, denkt Johara. Und sie geht noch weiter:

»Die Fahrt nach Sidi Boulghmour ist schließlich kein Spaziergang! Das könnte eine abenteuerliche Reise werden. Der Wagen des Herren Beamten ist nicht so sicher wie er vorgibt, Chaïbia behauptet, daß er reif für den Schrottplatz ist!«

»Zu viel Butter!« brummt Mamaya.

»Natürlich«, pflichtet Johara mit vor Freude glänzenden Augen bei, »ich werde ihnen gleich neue machen, diese hier bekommt Minouche. Ich werde ihm auch ein kleines Schälchen mit kalter Milch bringen, das arme Tier hat sicherlich Hunger ...«

Im Hof zwitschern die Vögel lautstark, doch Johara hört nur das freudige Klopfen ihres eigenen Herzens.
Aber Mamaya läßt sich nicht täuschen, sie weiß genau, daß sich hinter ihrem Rücken etwas abspielt. Hinter Joharas Machenschaften steckt sicherlich wieder der *gute Doktor Perez*. Nun, sie brauchen keine Angst zu haben, heute wird Mamaya alles mit sich geschehen lassen, sie wird nicht von dem Abwesenden sprechen, wird keine Anspielung auf den Tag seiner Geburt machen und niemanden mit den alten Geschichten langweilen ... Aber wer könnte sie daran hindern, an ihr Kind zu denken. Ihren Kopf bis zum Zerbersten mit seiner Abwesenheit zu erfüllen! Wer könnte ihr, der Mutter, die ersten Schreie ihres Babys oder sein erstes Lächeln nehmen? Nichts und niemand. Ihr Gedächtnis ist noch intakt, es ist der einzige Teil ihres Körpers, den die Zeit verschont hat. Sie erinnert sich noch genau an alle Einzelheiten dieses Zimmers, in dem sie sich auf den Tag genau vor fünfundvierzig Jahren befand. Es war gerade neu tapeziert worden, mit jener Tapete, die sie selbst ausgewählt hatte: gelb mit schwarzen Kleeblättern. Monsieur Perez, der damals noch nicht kahlköpfig war, hatte sich über den Geruch des Leims beschwert, nach dem es im ganzen Haus stank. »Das könnte schlecht für den Säugling sein ... Vergiftungsgefahr oder noch Schlimmeres!« Er hatte das Dienstmädchen gedrängt, alle Türen und Fenster zu öffnen und so lange wie möglich zu lüften. Es war Frühling. Draußen wehte eine sanfte Brise. Von ihrem Bett aus konnte Mamaya den Mandelbaum sehen, der in voller Blüte stand. Der Anblick erwärmte ihr Herz. Außer dem Arzt war am frühen Nachmittag auch die Hebamme

gekommen (eine Verwandte von Chaïbia) und hatte erst im Morgengrauen das Haus wieder verlassen. Mamaya erinnert sich ganz genau. An einen solchen Tag! Ihr zierlicher Körper konnte endlich der Welt seine Stärke und seine Lebenskraft beweisen. Warum wollten sie alle unbedingt, daß sie ein solches Ereignis vergaß? Das hatten weder die Mauern noch die Kerker vermocht, die man im Süden in die Erde gebuddelt hatte, und auch die Verständigungsschwierigkeiten und das Schweigen nicht!

Die Möbel hatten damals anders gestanden: Das Bett befand sich an der Stelle des Schranks, und es gab noch keinen Sessel. Wozu soll man sich setzen, wenn man noch gut stehen kann? Man lebt schließlich nicht im Sitzen. Mamaya erinnert sich genau an die Stelle, an der der feuchte Kopf ihre Babys das Tageslicht erblickte. Wie hatte sie ihn sehen können, wo sie doch lang auf dem Boden ausgestreckt lag und von ihren eigenen Schreien mitgerissen wurde? Sie hatte sehr gelitten, und Tränen standen ihr in den Augen. Dennoch hatte sie den Kopf ihres Kindes gesehen, das hätte sie auf den Koran schwören können. Oder hatte sie das Schauspiel nur auf dem verkniffenen Gesicht der Hebamme abgelesen ...

Die Kleeblätter glichen schwarzen Schmetterlingen. Als Doktor Perez ihr im Augenblick des größten Schmerzes die Hand gehalten und sie zum Pressen ermutigt hatte, hatten die Schmetterlinge zu flattern begonnen, je stärker sie preßte, desto mehr kämpften sie, sie wollten von der Wand loskommen, doch ihre Füßchen schienen festgeklebt. Dabei wußte sie genau, daß eine letzte Anstrengung ausreichen würde, um allen die Freiheit zu geben, sowohl dem Schwarm schwarzer Tiere als auch ihrem eigenen Sohn. War das ein Zeichen gewesen? Ein böses Omen? War das Schicksal ihres Sohnes in dem Augenblick besiegelt worden, als er auf die Welt kam? Oder war der Abwesende heute abwesend, weil sie den Schulmeister nicht genug geliebt hatte? Sie weiß es nicht. Hatte vielleicht der liebe Gott aus Versehen sein Tintenfaß umgeschüttet, als Er sich die Mühe machte, die Geschichte ihres Kindes zu schreiben? Warum hatte Er sie dann nicht gefragt? So unbedeutend Mamaya auch sein mochte, sie hätte Ihm doch einige recht einfache Vorschläge für ihren Erstgeborenen machen können; ein ruhiges Leben ohne Fallstricke, ein bescheidenes, ihm entsprechendes Schicksal. Entgegen möglichen Befürchtungen hätte sie nicht übertrieben und den Himmel auf Erden von Ihm verlangt. Nein, nein, ihr Ehrgeiz war weder auf einen Prinzen noch auf einen Würdenträger gerichtet; sie hätte sich mit einem einfachen Bauern zufriedengegeben, einem lebenslustigen Kerl, der sich gewissenhaft um ihr kleines Stück Land gekümmert hätte. Denn man muß die Erde lieben, sonst gibt sie einem nichts. Und wenn er erst Bauer gewesen wäre, hätte sie eine anständige Frau für ihn gefunden, mit der auch sie sich gut verstanden hätte. Eine Frau, die sich von ihren anderen Schwiegertöchtern (denn sie waren alle schlecht, diese Schwiegertöchter!) unterschieden hätte und aus der sie eine gute Hausherrin gemacht hätte. Dann hätte sie wirklich aufhören können, sich um den Haushalt zu kümmern, denn selbstverständlich hätte sie sich nie in ihre Angelegenheiten eingemischt. Vielleicht etwas Unterstützung bei der Erziehung ihrer Enkel, aber nur, wenn man sie nachdrücklich darum gebeten hätte. Um sich nicht zu langweilen, hätte sie sich um die Hühner und die Küken gekümmert. Sie beobachtete die kleinen Küken so gerne! Jeden Abend bei Sonnenuntergang wäre sie nach Sidi Boulghmour gegangen, um ein wenig mit ihrer Mutter zu schwatzen, und sie hätte nicht vergessen, beim Weggehen eine Kerze auf ihrem Grab anzuzünden. Eine Kerze, die die ganze Nacht über gebrannt hätte. Denn ihre Mutter ertrug die Dunkelheit ebensowenig wie sie selbst ... Aber nein, der liebe Gott hatte ja Seinen Willen durchsetzen müssen. Er fragt ja nie jemanden um Rat. Manche Leute behaupten sogar, daß Er sich an den Kindern rächt, um die Eltern zu strafen. Wenn dem wirklich so war, welche unauslöschliche Schuld hatte sie dann auf sich geladen? Welches Verbrechen hatte sie begangen? Sie ist schließlich nicht die einzige, die bei den täglichen Gebeten ein wenig faul ist, doch sie hatte immer den Ramadan eingehalten, so wie es die Regeln vorschrieben. Ihr Leben lang hatte sie sich den Bettlern gegenüber großzügig erwiesen, und Gott weiß, daß es viele waren! Dabei war sie nie reich gewesen, vor allem nicht nach ihrer Heirat. Oft war die Stimmung zu Hause nicht gerade die beste. Nachdem sie den Schulmeister verjagt hatte, stand sie mit ihren sieben Kindern allein da, und sie hatte so manches Wunder vollbringen müssen, um sie durchzubringen. Aber sie hatte sie durchgebracht. Nie hatte sie den Rücken vor jemandem gebeugt. Das Ergebnis? Ihre drei Töchter hatten eine gute Partie gemacht und die Jungen ... Nun, sie waren fortgegangen, um die Welt zu erobern: einer in den Orient, der andere nach Europa und der letzte nach Amerika. Für den Abwesenden hatte sie nichts tun können. Nichts ändern. Doch was kann man gegen Gott ausrichten, wenn er aus einer Laune heraus beschlossen hat, mit dem Finger auf einen zu zeigen?

# Kapitel 9

Früher hatte Mamaya vor jeder Reise großen Hausputz gemacht. »Der Tod lauert an jeder Straßenecke«, pflegte sie zu behaupten. »Wenn einem zufällig etwas zustößt, ist es besser, wenn die Leute sagen können: Das war eine gute Hausfrau, sie verstand es, ihr Haus in Ordnung zu halten!« Wenn das Wort *Hausfrau* aus Mamayas Mund kam, hatte es einen besonderen Klang. Das wußte Johara genau, und sie hörte es gerne. Darum beschloß sie am Tag, bevor sie zu der Pilgerreise nach Sidi Boulghmour ans Grab der Vorfahren von Madame aufbrachen, die alte Gewohnheit fortzusetzen. Schon im Morgengrauen machte sie sich an die Arbeit, staubte die Decken ab, scheuerte Wände und Boden, schleppte ganz allein die Matratzen in die Sonne und machte sich an viele andere Arbeiten, die nebensächlich schienen, sie aber dennoch den ganzen Tag über beschäftigten. Um Mamaya vor der kühlen Zugluft zu schützen, die durch die geöffneten Fenster drang, wickelte sie sie warm ein. Die alte Dame saß allein in ihrem Sessel und beobachtete traurig das Kommen und Gehen des Dienstmädchens. Auch sie hätte sich gerne erhoben und wäre hin- und hergelaufen; auch sie wäre gerne die Treppen hinaufgestiegen, auf die Leiter geklettert, um die Fenster mit alten Zeitungen zu putzen, oder hätte den Eimer ausgeschüttet ... Dieses wunderbare Durcheinander erinnerte sie an die Zeit, da sie selbst noch ihren Kaftan raffte, in der Taille einen großen Knoten machte und die Ärmel mit

Hilfe von im Rücken gekreuzten Gummibändern zurückhielt: So konnte sie sich besser bewegen, sie war leichter und konnte einfach besser arbeiten. Das große Reinemachen oder die große Wäsche fanden immer an einem Sonntag statt. Man brachte die Teppiche auf die Terrasse. Und dann wurde gescheuert. Alle waren dabei, auch die Kinder. Jeder hatte seine Bürste, Seife und Wasser. Witze und Gelächter erfüllten die Stille. Und die Zeit verging schnell.

Der Schulmeister verabscheute die Sonntage. Er verließ das Haus und zog sich ins Bon-Repos zurück, eine kleine Wirtschaft an der Ecke der großen Straße. Wie viele Lehrer, war auch er ein recht guter Poet. Für sein Talent gab es kein besseres Publikum als die einfachen Gemüter der Kartenspieler im Bon-Repos.

Es war eine Wirtschaft, die sich in nichts von den vielen anderen in der Stadt unterschied: zwei Tische, acht Stühle und ein in die Wand eingebautes Radio, das von morgens bis abends rauschte und patriotische Melodien oder klagende Gesänge aus dem Orient verbreitete. Doch hier verkehrte ein ganz eigenes Publikum. Ein zufälliger Gast, der nicht Bescheid wußte, bemerkte schnell, daß er im Bon-Repos nicht willkommen war. Der Wirt war ein gewisser Sidi Ahmed, dessen Ziel es sicher nicht war, reich zu werden, denn er hielt seine beiden kostbaren Tische für seine Freunde frei. Dazu gehörte natürlich auch Monsieur Allal, ein Briefträger im Ruhestand, den man den Intellektuellen nannte … allerdings nur wegen seiner vorgewölbten Stirn. Monsieur Allal war ein herzensguter Mensch, das konnten alle bezeugen. »Vor lauter Gutmütigkeit wird dieser Mensch noch im

Grab sein Leichenhemd teilen!« behauptete Sidi Magdoul. Der ehemalige Briefträger verbrachte jetzt seine Tage damit, Briefe für andere zu schreiben, und dabei gab er sein Bestes; oft machte ihn das Unglück der Menschen so traurig, daß er still in einer Ecke saß und weinte. Außerdem konnte man auf seine vollkommene Diskretion rechnen: »Berufsgeheimnis!« sagte er, und seine kleinen Augen glänzten vor Stolz. Dank dieser neuen Beschäftigung erlebte der gute Monsieur Allal eine zweite Jugend. Er machte es sich zur Aufgabe, die Briefe so schnell wie möglich abzuschicken. Und am liebsten hätte er auch noch die Antwort selbst geschrieben, um den Leuten die Wartezeit zu verkürzen.

Sobald der Schulmeister zu seinen poetischen Tiraden anhob, verlangte Monsieur Allal im Café absolute Ruhe. Er schloß die Augen, schnalzte mit der Zunge, als habe er gerade einen Schluck gut gesüßten Tee genommen, und dankte dem Himmel dafür, daß er diesen gesegneten Augenblick erleben durfte, indem der Schulmeister sie an seinen Eingebungen teilhaben ließ. Die Runde brach in schallendes Gelächter aus, doch Monsieur Allal ließ sich davon nicht beeindrucken: Die Poesie, meine Herren, ist eine ernste Angelegenheit!

Ein weiterer Freund des Schulmeisters war Monsieur Youssef, der Pförtner der städtischen Bücherei. Er war ein kleiner, stämmiger Mann mit rundem Gesicht. Sein buschiger Schnurrbart verdeckte kaum die schwarzen, vom Kif zerfressenen Zähne. Monsieur Youssef verbrachte seine gesamte Freizeit in der Wirtschaft Bon-Repos. Seine Geschichte war allgemein bekannt, und es ärgerte ihn nicht einmal, wenn böse Zungen in aller Öffentlichkeit darauf anspielten; außerdem verriet schon allein der Name »Joseph«, den man ihm nach dem Tod seiner Mutter gegeben hatte, etwas von dieser eigenartigen Geschichte.

Sein Vater, ein Teppichhändler, der im Souk für seine Ehrlichkeit bekannt war, hatte früher in der Stadt eine Fremde namens Sara geheiratet, eine Frau, die so weiß war wie Milch und so dick wie zwei Ehefrauen. Sara wurde wegen ihrer eigentümlichen Schönheit im ganzen Viertel bewundert. Sie schenkte dem Teppichhändler drei schöne Söhne, die sie zu guten Moslems erzog. Einer wurde später Polizeikommissar, der andere Anwalt. Und dann war da noch Youssef, der jüngste und ihr Liebling. Sara verwöhnte ihn besonders, da er ein einfaches Gemüt hatte. Nachdem er aus sämtlichen Schulen der Stadt verwiesen worden war, lebte er bei seiner Mutter und erledigte kleine Arbeiten im Haus. Mittags brachte er seinem Vater das Essen in den Souk, und oft fegte er vor dem Geschäft und besprengte das Pflaster mit Wasser. Er zeigte sich nie faul bei diesen täglichen Arbeiten. Dennoch wäre er gern zur Schule gegangen, um ebenfalls das Lesen und Schreiben zu erlernen. »Das ist schon wieder die Tinte vom lieben Gott«, entschied Mamaya, »ein Tintenfleck ist vom Himmel auf sein armes Gedächtnis gefallen.« Und in der Tat wollte es Youssef nicht gelingen, sich irgend etwas zu merken. Dabei liebte er Bücher und die Geschichten, die darin standen ... Darum freute er sich wie ein Kind, als ihm ein Verwandter eines Tages den Posten als Pförtner der städtischen Bücherei vermittelte. Er war stolz auf seine khakifarbene Uniform. Er wölbte die Brust, um den goldenen Kragenspiegel zur

Geltung zu bringen, der ihn unbestreitbar als Mitglied der kulturellen Welt auswies.

Wie viele alte Menschen wurde Sara am Ende ihres Lebens krank. An einem Festtag, als alle Kinder zu Hause versammelt waren, rief sie sie an ihr Bett und hielt folgende, äußerst überraschende Ansprache:

»Meine Söhne, als ich euren verstorbenen Vater traf, wußte ich sogleich, daß er mein Mann werden sollte. Zu jener Zeit lebten wir in Mogador. Meine Eltern sind dort begraben, doch ich bin nie wieder zurückgekehrt. Ich war kaum achtzehn Jahre alt und jüdischen Glaubens; ja, Kinder, ihr habt richtig gehört, Jüdin. Meine Familie war mit einer solchen Heirat nicht einverstanden, da sie sie für *widernatürlich* befand ... Also bin ich, um mich den Regeln der Natur zu beugen, zum Islam übergetreten und habe mit meiner Familie gebrochen. Ich wäre zu allem Möglichen übergetreten, damit man mich nicht daran hinderte, euren Vater zu heiraten. Gott ist mein Zeuge, daß ich diesen Mann geliebt habe. Mein Leben lang habe ich getreulich nach seinen Prinzipien gelebt und sie sogar zu den meinen gemacht. Dafür seid ihr der lebendige Beweis. Habe ich euch nicht alle drei, wie es sich gehört, nach den Regeln des Islam erzogen? Bin ich nicht selbst mehrmals nach Mekka gepilgert? Habe ich je meine Pflichten als Mutter vernachlässigt? Doch leider habe ich Gott ebenso wie die Menschen getäuscht. Das Alter ist grausam, denn es gibt einem Gelegenheit, über sein Leben nachzudenken, es kehrt wie bei einer abgetragenen Jacke das Innere nach außen, und dann ist man sich selbst überlassen und mit seinen Gewissensqualen allein ... Drück meine Hand, Youssef. Noch fester. Und

ihr anderen, setzt euch, steht nicht rum wie Kleiderständer, legt eure Dschellabas ab, hier habt ihr alle Platz … Meine Söhne, ich möchte einen Rabbiner sehen. Und ich möchte auf dem jüdischen Friedhof begraben werden.«
Saras Stimme schien zu verlöschen. Der Polizeikommissar preßte die Hände an den Kopf und brach zusammen. Der Anwalt hatte sich nicht vom Fleck gerührt, er schien nachzudenken. Doch Youssef zog seine Babuschen aus, glitt unter die Bettdecke und umarmte seine Mutter. Bewegt versprach er ihr, ihrem Willen zu entsprechen. Daran könnte ihn niemand auf der Welt hindern. Es war ihm egal, daß seine Mutter Jüdin war, viele der Leute, die in der Bibliothek Bücher ausliehen, waren Juden, und er fand sie sehr liebenswürdig. Übrigens konnte man sie nur, wenn sie zu sprechen begannen, an ihrem drolligen Akzent von den anderen unterscheiden: Man war sich eigentlich so ähnlich! Vor allem müsse sie aufhören zu weinen, sonst vermöchte auch er seine Tränen nicht mehr zurückzuhalten. Würde es ihr Freude machen, wenn er selbst auch Jude werden würde? Gleich morgen würde er den Rabbiner aufsuchen …
Entsetzt angesichts des Unsinns, den Sara und ihr Jüngster von sich gaben, verließen der Polizeikommissar und der Anwalt das Zimmer. »Mutter wird senil! Was Youssef angeht«, fügte der Kommissar hinzu, »werde ich mich selbst darum kümmern, einen ruhigen Ort zu finden, wo er die nächsten Wochen verbringen kann.«
So wurde Sara in ihr Zimmer eingesperrt. Aus Angst, daß sich die Neuigkeit verbreiten könnte, verwehrte man ihr jeglichen Besuch. Youssef internierte man an einem der

unzähligen *ruhigen Orte,* über die die Polizei verfügt; doch die erzwungene Ruhe dauerte nicht lange an: Innerhalb von zwei Wochen starb Sara, und der einfältige junge Mann wurde am Tag ihrer Beerdigung freigelassen. Sein Bruder, der Polizeikommissar, holte ihn mit einem großen Dienstwagen ab und drohte ihm an, daß er ihn wieder in dieses Loch sperren würde, wenn er sich nicht ruhig verhielte. Wenn er diesmal nicht wie die anderen gefoltert worden war, so sollte er Gott danken, es war der familiären Bindung zu einem Mann des Gesetzes zu verdanken ... Im übrigen hatte er sicherlich das Stöhnen aus den Nachbarzellen gehört. Nun, wenn er einem solchen Los entgehen wollte, brauchte er nur zu schweigen. Den Mund zu halten! Das war doch wohl nicht so schwer. Und ein Brüderchen, das sich als verständig erwies, fügte der gute Polizist in freundlichem Ton hinzu, war ein Brüderchen, das bald wieder seinen Posten bei der städtischen Bücherei beziehen könne. Vielleicht könnte er sogar bei Gelegenheit mit einer kleinen Beförderung rechnen ...

Der Friedhof lag damals außerhalb der Stadt. Weitab vom Leben, wie es einem solchen Ort gebührt. Ein friedliches Stückchen Erde. Unkraut überwucherte die dicht beieinander liegenden Gräber. Der Weg, über den der Leichenzug zu Saras Grab schritt, muß damals breiter gewesen sein: Später haben ihn die Toten gewissermaßen verschlungen. Die Verwandten und Freunde bildeten einen langen Zug zwischen dem Eingang des Friedhofs und dem Ort, wo die Totengräber, die wegen der Hitze ihre Aufgabe schnell erledigen wollten, bereits zu arbeiten begonnen hatten. Youssef ging an der Spitze des Zuges, doch er betete nicht. Seine schmerzerfüllte Miene ließ keinerlei Gefahr vermuten, doch sein Bruder, der Polizeikommissar, behielt ihn im Auge. Er wollte keinen Skandal. Aber es hätte sicherlich auch zu allen möglichen unangenehmen Fragen geführt, wenn Youssef bei der Beerdigung seiner eigenen Mutter nicht zugegen gewesen wäre: Sie hatten einander so nahe gestanden. Doch das Unglück wollte es, daß Youssef in dem Augenblick, als man den Sarg in die Grube ließ, einen Anfall von Wahnsinn bekam und einen Schrei ausstieß, der alle Anwesenden erstarren ließ. Der Polizeikommissar stürzte sich auf ihn, um ihn zum Schweigen zu bringen. Doch der Himmel kam dem Einfältigen zu Hilfe und verlieh ihm in diesem Augenblick solche Kräfte, daß er den Polizistenbruder drei Gräber weiter schleuderte. Youssefs Augen blitzten. Mit gerötetem Gesicht stand er vor der Menge und spreizte die Hände, um den ersten, der es wagen würde, sich ihm zu nähern, zu erwürgen und in das moslemische Loch zu werfen, in dem seine Mutter nicht ruhen wolle. Seine Abschiedsrede verwirrte sich in seinem Kopf. Dieser arme Kopf, der nie irgend etwas hatte behalten können! So begnügte er sich damit, zu stottern: »Mama würde sich hier nicht wohl fühlen«, ja, das hatte sie ihm gesagt, und er würde unverzüglich zu einem Rabbiner gehen und ihn gar so fest umarmen, daß Sara entzückt wäre. Wenn es sein müßte, würde er seine Mutter mit all seiner Liebe auf dem Rücken bis dorthin tragen ... bis nach Mogador! Er ergriff einen Stein, schwang ihn durch die Luft und bedrohte alle, die ihn zur Vernunft zu bringen versuchten. Er begann, mit dem Fuß Erde in die Grube zu stoßen. In diesem Augenblick gelang es zwei kräftigen Kerlen, ihn zu bändigen. Eigenartigerweise leistete er keinerlei Widerstand. Zutiefst betrübt ließ er sich vom Friedhof schleifen, und man legte ihn zwischen die Stände der *Totenhändler*, die schreiend ihre Datteln und getrockneten Feigen anpriesen. Er rang nach Luft und schwitzte, doch es wollten keine Tränen kommen. Hinter der Dornenhecke hörte er die getragene Stimme seines Bruders, des Anwalts, der sich mit folgenden Worten an die Trauergemeinde wandte: »Ich bitte Sie, unseren jüngsten Bruder zu entschuldigen, er ist geistig ein wenig gestört, und der Tod unserer Mutter hat ihn schwer getroffen. In den letzten Tagen haben wir das Schlimmste befürchtet. Sein wirres Gerede ging so weit, daß wir es für nötig hielten, ihn im Haus zu überwachen. Die Vorstellung, ihn irgendwo anders ... einzusperren, ist uns unerträglich. Wir haben ohne Unterlaß gebetet und den Herren angefleht, uns ein weiteres Unglück, ein maßloses Unglück zu ersparen. So möchte ich Sie schon heute bitten, meine Herren, ihm zu verzeihen, wenn Sie eines Tages hören, daß unser jüngerer Bruder zum Judentum übergetreten ist. Manchmal spuckt er auf ... Aber lassen wir das lieber. Keine Blasphemie an diesem Ort.« Die weisen Worte des Anwalts beeindruckten die Menge. Seit jenem Tag wurde Youssef von der ganzen Stadt für geistesgestört gehalten. Endgültig. Oft versuchte er, den anderen seine Geschichte zu erzählen, um sie sich von der Seele zu reden und sein Herz zu erleichtern. Doch diese Versuche stießen nur auf mildes Lächeln und mitleidige Zustimmung, und die Leute kümmerten sich nicht weiter darum.

Youssef war der einzige Freund des Schulmeisters, den Mamaya gerne zu Hause zu Gast hatte: »Wer sollte ihm sonst am Freitag ein Couscous kochen, wo er doch weder Frau noch Kinder hat?« Mamaya nannte ihn Joseph, die Kinder sagten Jojo. Nie kam er mit leeren Händen, stets brachte er eine Leckerei für die Kinder mit. »Das macht ihnen so viel Freude!« Mamaya sagte, daß sie ihn eines Tages sicher verheiraten würde ... warum nicht mit einem Mädchen aus Mogador, wenn er das wünschte! Beamte wie er waren schließlich rar ... Der Mann lachte von ganzem Herzen darüber. Ohne Joseph wäre der Freitag in diesem Haus kein Festtag gewesen. Selbst Doktor Perez war eifersüchtig auf den Platz, den er in Mamayas Herz einnahm, und all die kleinen Aufmerksamkeiten, die sie ihm entgegenbrachte: hier ein freundliches Wort, dort ein Lächeln, ein Stück Kuchen, das sie am Vorabend für ihn aufgehoben hatte, eine alte Dschellaba, von der sich der Schulmeister noch nicht ganz hatte trennen können, kurz Kleinigkeiten, die Jojos finsteres Dasein wie ein Sonnenstrahl erhellten. »Die Einfältigen sind letztendlich glückliche Menschen!« wiederholte der Arzt immer wieder. Und als wäre diese Boshaftigkeit gar nicht auf ihn gemünzt, lachte Jojo darüber und mit ihm die Kinder.

Als untergeordnete Angestellte im Finanzministerium kam Mamaya mit ihrem Gehalt nicht über die Runden. Als sie dann beschloß, Recht zu studieren, war ihr Joseph eine wertvolle Hilfe. Sie wollte um jeden Preis erfolgreich sein, weiterkommen, so weit wie möglich *aufsteigen*. Es gab viele interne Prüfungen, sie wollte sie alle durchlaufen, sie meistern und mit ihnen auch ihre Not. Ein wenig von der früheren Unbeschwertheit wiederfinden. Die Kolonialherren waren abgereist, ihre Träume hatten keine Zukunft gehabt. Die Ländereien, die man einst den *folgsamen Eingeborenen* zugestanden hatte, waren beschlagnahmt worden. Von einem Tag auf den anderen stand Mamaya vor dem Nichts. Aber Jojo war immer für sie da. Es genügte, das sie den Titel des Buches, das sie benötigte, auf ein Stück Papier schrieb, und er brachte es ihr unverzüglich. Noch am selben Abend. Und trotz der in dieser Hinsicht strengen Vorschriften konnte sie das Werk so lange behalten, wie sie wollte. Wenn er ihr das Buch mit jener feierlichen Miene überreichte, die er dem Direktor der städtischen Bücherei abgeschaut hatte, versäumte er es nie, ihr seine Meinung mitzuteilen: »Ein interessantes Buch ... sehr, sehr schwer zu verstehen!« Sicher hätte er es früher schon einmal gelesen, wie so viele andere auch, darüber würden sie später diskutieren. Mamaya wußte, daß ihr Freund nicht lesen konnte, doch sie ließ sich auf das Spiel ein und versicherte ihm, daß sie ihn an schwierigen Stellen zu Rate ziehen würde. Sie entschuldigte sich schon im voraus dafür, daß sie seine kostbare Zeit in Anspruch nehmen werde. »Freunde, liebe Madame, sind dazu da, daß man sie behelligt!« Seine Brust schwoll vor Stolz an. Und vor Freude glänzte der Kragenspiegel an seiner Jacke ebensosehr wie seine Augen.

Als Mamaya sich von dem Schulmeister trennte, verzichtete ihr Freund Joseph nicht auf seine freitäglichen Besuche. Wie auch? War dies nicht der einzige Ort, wo er sich wirklich zu Hause fühlte? Die Kinder der Dame waren auch die seinen ... Im Bon-Repos schloß man ihn wegen Mangels an Solidarität mit dem Schulmeister aus der Runde aus; doch er gab nicht nach. Niemals hätte er die Freitage im Kreise der Familie gegen jene *Poesieabende* eingetauscht, in deren Verlauf man sich zumeist über ihn lustig machte. Schließlich vergaßen die Freunde die Angelegenheit, und Joseph nahm wieder seinen alten Platz in ihrer Mitte ein.

An jenem Tag, als Mamaya ihr Diplom in Recht bekam, war dieses einfache Gemüt der glücklichste Mensch auf der Welt. Sobald sich die Neuigkeit im Viertel herumsprach, kam er angelaufen. Wie immer drückten sich seine Gefühle in dem funkelnden Schimmer seiner Augen aus. Auf der Straße hatte er gepfiffen und in die Hände geklatscht. Seine gute Laune hatte die Kaufleute verwundert – so fröhlich hatte man ihn selten gesehen. Als ihm Johara an jenem Morgen die Tür öffnete, war sie äußerst verwirrt, weil Monsieur Joseph sie ohne Vorwarnung in die Arme nahm, fest drückte und in die Luft hob. Sie protestierte natürlich, lachte aber dabei. »Was Sie da machen, schickt sich nicht, Monsieur Joseph, lassen Sie mich wieder runter!« Was sollten die Kinder denken, wenn sie sie so überraschten? Natürlich waren die Kinder in der Eingangshalle versammelt und sahen ihnen mit großen Augen zu. Und natürlich hatte Jojo ihnen jede Menge Leckereien mitgebracht. Nachdem er sie umarmt hatte, begab er sich in das Wohnzimmer, wo sich Mamaya mit Doktor Perez unterhielt. Als er sie begrüßte, bemühte er sich, seine Freude zu verbergen, und begann voller Bewunderung, in einem kunstvoll gebundenen Strafgesetzbuch zu blättern. Sicherlich ein Geschenk des Arztes. Sein eigenes Geschenk, das er noch in der Tasche hatte, schien ihm plötzlich erbärmlich. Und wertlos. Verzweifelt betastete er den geknoteten Stoff, in dem sich ein Anhänger befand, und errötete. Mamaya ging auf ihn zu, umarmte ihn und versicherte laut, daß es zum großen Teil seiner Hilfe zu verdanken sei, daß sie die Prüfung bestanden hatte, er konnte sich also selbst beglückwünschen. Sie erzählte auch, daß man ihr jetzt im Büro die *ihrem Grad gebührende Achtung* entgegenbrachte. Selbst ihr unmittelbarer Vorgesetzter, ein armseliger Typ, hatte sich aus seinem Sessel erhoben, um ihr zu gratulieren. Jojos Augen begannen wieder zu glänzen, und nun zog er das Tuch aus seiner Tasche, knotete es auf und überreichte ihr den Inhalt. Oh, nur eine Kleinigkeit. Es war sicherlich nicht so viel wert wie ein Buch mit Goldschnitt und ganz in Chagrinleder gebunden, wie man es in der städtischen Bücherei sagte. Nur ein kleines Stückchen Metall, eine Erinnerung an seine Mutter Sara: ein winziger Anhänger. Das war das einzige, was er ihr schenken konnte. Mamaya spürte, wie sich ihre Kehle zusammenzog. Wie konnte sie ein Geschenk von so unschätzbarem gefühlsmäßigem Wert annehmen? Es würde ihr unglaubliche Freude bereiten, natürlich, aber sie wollte ihn nicht einer solchen Erinnerung berauben. Allein die Geste zählte schon. Jojo stand mit ausgestreckter Hand vor ihr und sah sie flehentlich an. Sie zögerte kurz und nahm dann verwirrt den Davidstern an. Sie versprach ihm, daß sie ihn ihr Leben lang tragen würde. So könnte er ihn jeden Freitag, wenn er zum Couscous-Essen käme, sehen. Zum erstenmal küßte sie ihren Freund auf die Wange. Der gute Joseph errötete. Nicht vor Verlegenheit, sondern vor Freude.

# Kapitel 10

An einem heißen Märztag unternahmen schließlich Mamaya, das Dienstmädchen und der Beamte ihre Reise aufs Land. Die einzige geteerte Straße kam von Norden, führte durch den Palmenhain, erweiterte sich dann zu einem großen Boulevard und hörte schließlich im Süden der Stadt ganz auf. Danach gab es nichts mehr. So, als wäre die Welt hier zu Ende.
Mamaya saß neben dem Fahrer, ihre schwarze Handtasche mit der Brust auf den Knien, und betrachtete melancholisch die vorbeiziehende Landschaft. So weit das Auge reichte, nichts als Palmen, denen die glühende Hitze gut zu bekommen schien; einige von ihnen, die noch grün waren, streckten ihre Wedel in den Himmel, als wollten sie ihn verschlingen. Als wollten sie mit ihrem kräftigen Gebiß in die Sonne beißen, die Mamaya blendete. Doch sobald sie die Augenlider senkte, schlich sich wieder die gelbe Tapete mit den schwarzen Kleeblättern in ihren Kopf ein. Wie eine Bedrohung. Lieber behielt sie die Augen offen und ließ sich die Augäpfel verbrennen, als die Einsamkeit ihres Zimmers vor sich zu sehen. Man hätte glauben können, daß dieses verflixte Muster auf ihre Netzhaut abgefärbt hatte! Sie richtete den Blick in die Ferne und ließ das gleißende Licht die Finsternis ihres Körpers durchdringen. Sie sprach kein Wort. Langsam erreichte das Licht jenen Teil des Wesens, wo sich gewöhnlich in wirrem Knäul die Kindheitserinnerungen verbergen, um sich so besser vor dem Zugriff der verstrei-

chenden Zeit zu schützen. Sie sah sich wieder als junges Mädchen. Verschmitzt und charmant wie einst ihre Mutter. Ihr Haar war zu langen, schwarzen Zöpfen geflochten, die unten von roten Schleifen zusammengehalten wurden: Zwei Vögelchen. Und diese Vögelchen flogen davon, sobald sie das Autofenster öffnete …
Jedesmal, wenn der Vater zwischen zwei Kriegen gesund nach Hause kam, fuhr die gesamte Familie aufs Land, weil der Soldat ein wenig Ruhe brauchte. Sie, die jüngste der Töchter, richtete es immer so ein, daß sie den Platz an der Tür bekam. Falls eines ihrer Geschwister ihn ihr streitig machen wollte, indem es das Recht des Geschlechts oder des Alters geltend machte, begann sie zu verhandeln und schien zu allen Konzessionen bereit: eine Woche lang Schuhe putzen, zugunsten des Anwärters auf ihre Nachmittagsschokolade zu verzichten oder die Strafarbeiten dieser Faulpelze zu schreiben; kurz, sie war zu allem bereit … außer natürlich ihre Spardose anzurühren. (Man hätte neben ihr verrecken können, sie hätte keinen Sou rausgerückt!) Auf dem Weg vom Palmenhain bis zum Bauernhof zählte Mamaya voller Eifer die Eukalyptusbäume. Sie ließ nicht einen aus. Eine Seite auf dem Hinweg, eine Seite auf dem Rückweg. Sie verkündete mit lauter Stimme die Namen der Dörfer oder der ausgetrockneten Wadis, in denen Menschen, die sich an nichts zu erinnern schienen, noch immer hartnäckig Häuser bauten. Wenn sie sich einer plötzlichen Erhebung der Straße näherten, rief sie aus: »Jetzt kommt eine Bodenwelle!« Schloß sie die Augen, hatte sie das Gefühl, wie eine Tänzerin davonzuschweben. Sobald sie das Gehöft erreichten, machte sie sich daran, alles, was

sie sah, aufzuzählen: die Schafe im Stall, die Gänse, die Maultiere und in der Nähe des Flusses die Olivenbäume, die die große Straße säumten. Dann lief sie zur Scheune, und der Verwalter öffnete ihr das große, schwere Tor. Es duftete nach Heu und Sichelklee. Sie ging weiter in die Scheune, wo die bis zur Decke aufgestapelten Säcke mit Weizen eine Art Grotte bildeten. Dort öffnete sie das Kontobuch und sah nach, ob die armen Bauern, die für ihre Familie arbeiteten, noch immer verschuldet waren. Die Schulden waren, wie allgemein üblich, mit roter Tinte eingetragen. Würde es diesen armen Leuten irgendwann gelingen, all den Weizen zurückzuzahlen, den sie schuldeten ... Oder mußten sie sich ihr ganzes Leben lang schinden?

Auf halbem Weg wurde Johara plötzlich übel, und sie mußte sich übergeben. Der Chauffeur war wütend und bremste scharf.
»Verflixt, das hat gerade noch gefehlt!«
»Seien Sie nicht böse, Herr Beamter«, stotterte das verschreckte Dienstmädchen. »Es ist nichts passiert! Ich habe mich in meine Babusche übergeben! Gott sei Dank habe ich Ihren Sitz nicht beschmutzt ...«
Mamaya lachte laut auf. Der Beamte folgte ihrem Beispiel.
»Schon gut, Mädchen, steig aus«, sagte er. »Spuck dein schlecht verdautes Essen in den Graben. Damit kannst du noch jemanden glücklich machen, an ausgehungerten Hunden mangelt es hier nicht!«
Das Dienstmädchen, das vorsichtshalber schon die zweite Babusche bereitgestellt hatte, gehorchte. Dann setzte sie

sich wieder in den Wagen, und man sprach nicht mehr über den Zwischenfall.
»Sie können langsamer fahren, Herr Beamter«, sagte Mamaya. »Wir sind gleich da!«
»Das wird auch Zeit! Wir sind schon zwei Stunden unterwegs!«
»Schon?«
»Ja, Madame. Ich frage mich sogar, ob wir genügend Benzin für die Rückfahrt haben!«
»Keine Sorge, mein Junge. Gott ist mit uns.«
»Na, da bin ich ja beruhigt! Sie können ihn schon mal um ein paar Engel als Hilfe bitten ... am besten kräftige! Denn ich werde das Auto nicht zur Stadt zurückschieben, wenn wir kein Benzin mehr haben!«
»Also wirklich, Sie reden genau wie mein ältester Sohn, Herr Beamter. Er machte genauso dumme Bemerkungen wie Sie. Seien Sie still und fahren Sie langsamer. Gleich nach dem Wadi Tassaout müssen wir rechts abbiegen. Von hier aus kann man schon die beiden Palmenhaine erkennen. Sehen Sie nur, wie schön sie sind! Mein Vater hat sie gepflanzt, auf jeder Seite einen, damit man die Einfahrt zum Hof besser erkennt. Mit der Zeit haben sie sich einander zugeneigt, um die Langeweile zu vertreiben ...«
»Wie ein natürlicher Torbogen, finden Sie nicht?« begeisterte sich Johara.
»Es ist ja auch das Natürlichste von der Welt, sich unter freiem Himmel zu vereinigen«, spottete der Beamte.
Das Dienstmädchen kicherte wie ein Schulmädchen. Mamaya tat, als hätte sie nichts gehört.
Der Wagen bog in einen schattigen Weg ein, der zu

beiden Seiten von Lehmmauern gesäumt wurde. Plötzlich tauchte das stolze Haus vor ihnen auf: Man hatte den Eindruck, daß ihm die Zeit nichts anhaben konnte, diese Zeit, die sich überall einschlich: in die abgeblätterten Fassaden und die tief eingegrabenen Falten. Die Zeit, die uns mit jedem Tag mehr dem Lehm annähert, aus dem wir hervorgegangen sind. Doch das Haus ihrer Kindheit nahm keinen Schaden. Als hätte sich nichts verändert, als wäre niemand älter geworden, als würde das Geräusch des Wagens bald die verblichene Maman-du-bled in den Hof locken; dann würde sie ihnen gutgelaunt, mit festem Schritt und glänzenden Augen entgegenkommen. Vor Zufriedenheit würde sie die Arme zum Himmel heben. Der Abwesende würde neben ihr stehen und voranlaufen, um Mamaya als erster zu umarmen …
Das Auto erreichte den Hof und hielt an. Von ihren Kindern umgeben warteten der Verwalter und seine Frau vor der Stallung, die ihnen auch als Bleibe diente. Die Fahne, die den Eingang zierte, war seit langem verblaßt und hatte ihre Leuchtkraft verloren; der Stern war nicht mehr zu sehen. Sicher hatte ihn die unbarmherzige Sonne ausgelöscht. Die vollständige Regungslosigkeit und der Schrei der Zikaden und Grillen schufen eine drückende Atmosphäre. Ein Maultier, an dessen zerschundenem Rücken sich die Fliegen labten, beäugte die Unbekannten mit derselben Neugier wie die Kinder. Der Beamte stieg als erster aus und öffnete die Türen des Wagens. Johara atmete erleichtert auf, zog ihre Babuschen wieder an und stieg aus dem unglückseligen Gefährt; Mamaya quälte sich hinaus, indem sie sich auf die Schulter des Dienstmädchens stützte, und ging dann mit

ihrer Tasche unter dem Arm langsam zum Haus. Der Verwalter öffnete ihr eilig die Türen und begab sich dann in den Garten, um Minze zu pflücken; seine Frau brachte ein Holzscheit in die Küche, um das Feuer zu entfachen. Mamaya trat ein und ging dann den dunklen Gang entlang, bis sie das letzte Zimmer erreichte, das früher das ihre gewesen war. Neben einer aufgeschlitzten Matratze standen die schäbigen Überreste eines Klaviers. Sobald man einen Schritt machte oder einen Gegenstand berührte, wirbelte Staub auf. Johara rückte für ihre Herrin einen Hocker zurecht, den der Beamte aus dem Nebenzimmer gebracht hatte, und öffnete dann das Fenster.

»Ich würde gern einen Augenblick allein bleiben«, sagte Mamaya.

»Nehmen Sie sich in acht, Madame, hier könnte es Skorpione geben. Oder gar Schlangen!«

»Diese Tiere greifen nur Städter an, Johara, ich bin mit ihnen aufgewachsen!«

»Das ist auch eine Antwort!« bemerkte der Beamte ironisch. »Darf man fragen, wie der Skorpion zwischen beiden unterscheiden sollte?«

»Man könnte annehmen, daß bestimmte Tiere klüger sind als bestimmte Beamte!« gab Mamaya zurück. »Sehen Sie sich nur die Zehen des Verwalters an … Sie sind gegen solche Tiere gefeit!«

Dem Beamten verging das Lächeln auf der Stelle, und er verließ zusammen mit dem Dienstmädchen das Zimmer. Mamaya war endlich allein. Die Reise hatte sie angestrengt. Sie atmete tief durch. Langsam gewöhnte sich ihre Nase an den Geruch der toten Ratten, die unter der

Matratze verwesten. Sie ließ ihren Blick über die Wände gleiten, die sie seit ihrer Kindheit kannte. Rissige Wände. In diesem abgelegenen Zimmer des Hauses hatte sie die ersten Tage ihres Lebens verbracht. Ein schwieriges Baby, das von morgens bis abends schrie und das ganze Haus um den Schlaf brachte. Eine wahre Pest! Und es hatte genug Gift, Herr Beamter, um selbst die Reptilien zu verschrecken.

Als sie noch ein Baby gewesen war, war ihr Vater einmal mitten in der Nacht in das Zimmer gekommen, in dem sie schlief. Eine Laterne in der erhobenen Hand, tastete er sich mit unsicherem Schritt vor. Es gab weder Möbel noch Fotos an den Wänden. Nur die Wiege aus Weidengeflecht thronte auf einer umgedrehten Holzkiste in der Mitte des Zimmers: Der Soldat wäre beinahe ohnmächtig geworden, als er die Laterne dem Tüllschleier näherte, der die Wiege bedeckte, und darunter eine Schlange entdeckte. Er blieb wie versteinert stehen. Aus dem Mund des Kindes floß ein dünner Speichelfaden, den das Reptil, das auf dem Gesichtchen lag, gierig aufleckte. »Ganz ruhig, Gott ist gnädig«, betete Vater. Er hielt den Atem an, um keinen Lärm zu machen, und stand regungslos da, ohnmächtig angesichts des Todes, der seine gespaltene Zunge auf das Gesichtchen seiner Tochter zubewegte. »Gott ist gnädig«, betete er, »Gott ist groß!« Die Hitze der Lampe und das Blut, das ihm zu Kopf gestiegen war, ließen sein Gesicht erglühen. Nur keine heftige Bewegung. Nicht einmal sein Schatten durfte auf die Wiege fallen. Nur die Schlange nicht erschrecken … sie würde jedem Hilfeversuch zuvorkommen! Was um Gottes willen sollte er tun? Wie sollte er das Kind aus der

Wiege nehmen, ohne daß es anfing zu schreien? Die aufgeschreckte Schlange würde alles tun, um zu fliehen, und sich ganz in den wie ein Bau geöffneten Mund des Kindes schieben. In einen Bau, der in das vergängliche Fleisch eines Säuglings gegraben war. Der Soldat hätte gerne seine Hand, ja seinen ganzen Arm in den Rachen des Reptils geschoben, es aufgespießt und ein für allemal erledigt, doch er rührte keinen Finger. Zitternd wandte er sich um und schlich auf Zehenspitzen zur Tür. Er schloß sie vorsichtig hinter sich, hockte sich davor und sagte alle Verse des Korans her, die er auswendig wußte. Sicher, der Tod war ihm nicht fremd, er hatte ihn in den Schützengräben gestreift und sogar durch Granatsplitter Spuren auf seinem Gesicht hinterlassen. Doch als der Vater vor dieser Tür hockte, die Stirn an die Wand gelehnt, hatte er das Gefühl, ihm zum erstenmal zu begegnen: Eiskalt lief er ihm den Rücken hinunter, krallte sich an seinen Knien und seinen Händen fest. Der Vater betete soviel er konnte.

Dann hallte ein lautes Kikeriki in seinen Ohren wider. Er sprang auf, war mit einem Satz beim Hühnerstall, fuhr wie der Blitz hinein und drehte dem Hahn den Hals um. Lange blieb er inmitten der aufgescheuchten Hühner liegen. Mit Lehm und Hühnerdreck beschmutzt, erhob er sich schließlich und schleppte sich erschöpft zum Haus. Als er eintrat, empfing ihn das Weinen seiner Tochter. Er zog seine Schuhe aus und drückte langsam die Klinke herunter, dann öffnete er die Zimmertür. Der Morgen graute. Schweren Herzens ging er auf die Wiege zu. Gott sei Dank war die Schlange verschwunden. Er nahm das Kind auf, das zu weinen aufhörte: Er zog es aus und untersuchte den kleinen Körper. Die Haut wies keine Spur von einem Biß oder von der blauen Verfärbung auf, die das Gift hinterläßt. Der Mann kniete nieder, beugte sich über sein Baby und schluchzte wie eine Frau.

Maman-du-bled versetzte die Leute mit dieser alten Geschichte gerne in Angst und Schrecken. Abends, wenn sie die Kinder zudeckte, sah sie nach, ob die Eisentöpfe, in denen die Bettfüße standen, genug Wasser enthielten, um eine mögliche Invasion irgendwelcher Tiere zu verhindern. Maman-du-bled war nicht wirklich von der Wirksamkeit dieses Kniffs überzeugt: »Wieder eine Soldatenerfindung!« höhnte sie. Doch als sie eines Morgens einen gelblichen, vom Wasser aufgedunsenen Skorpion in einem der Töpfe fand, versäumte sie es nie mehr, diese allabendlich bis zum Rand zu füllen. Und diese Arbeit vertraute sie niemand anderem an. Nicht einmal dem alten Dienstmädchen, deren Treue gegenüber der Familie sprichwörtlich war.

Der Verwalter trat ein und brachte ein Tablett mit Tee. Aus der Kanne stieg ein Duft nach Minze und Wermut auf, daneben standen drei Gläser mit Goldrand, ein Schälchen mit Datteln und ein dampfender Blätterteigkuchen. Feierlich stellte er das Tablett neben Madames schwarzer Handtasche ab und zog sich ebenso leise zurück, wie er eingetreten war.

Mamaya sah ihn nicht an. Ihre Augen folgten den Eidechsen, die über die Wände huschten, hielten bei jedem Riß inne, loteten seine Tiefe aus, folgten den Formen und glitten dann weiter wie das trübe Wasser über ein

Flußbett. Als sie auf einen Nagel trafen, um den herum eine Spinne ihr mit Fliegen gespicktes Netz gewoben hatte, schien sich ihr Blick plötzlich in den Fugen der Lehmwand zu verlieren. Weder Möbel noch Spiegel oder Bilder hatten Spuren hinterlassen, als wäre dieses Zimmer nie bewohnt, als wäre es von jeher eine Ruine gewesen. Die Zeit hatte an allem genagt, und die Mauern waren tot, so tot wie Merième, ihr Soldat, Adam und all die anderen. All die anderen. Inzwischen war selbst Jojo gestorben. Der Staub hatte diesen düsteren Ort so lange bewohnt, daß er sich fest mit ihm verbunden hatte wie der Ruß mit einem alten Kamin. Dabei hatte hier einst Leben geherrscht. Wo war das Geschrei ihrer Kindheit? Hatte es sich stumm in den Rissen eingenistet, begraben unter jahrhundertealtem Staub?

Das Bett hatte dort neben dem Fenster gestanden. Als Mamaya eines Tages in einer jener auf Glanzpapier gedruckten Zeitschriften geblättert hatte, die ihr Vater manchmal mitbrachte, war ihr Blick auf ein Gruppenbild gefallen. Eine Gruppe von Kindern. In der Bildunterschrift hieß es, daß es sich um kleine Ballettänzerinnen an der Oper handelte. Sie hatte die Doppelseite herausgerissen und über ihrem Bett an die Wand geheftet. Oft setzte sie sich hin und betrachtete voller Freude die jungen Körper, die sich reckten und fast davonzufliegen schienen. Selbst wenn sie dem Bild den Rücken zuwandte, konnte sie die Augenfarbe der Mädchen beschreiben, ihren Teint, den Farbton der Tüllröckchen – obgleich sie alle rosafarben waren – oder den Pferdeschwanz der einen und den Knoten der anderen. Manchmal versuchte sie, sie nachzuahmen: Sie stellte sich vor den Spiegel, hob ihren Rock und drehte sich so lange, bis sie fast umfiel.

Sidi Boulghmour lag eine Viertelstunde zu Fuß von dem baufälligen Haus entfernt. Doch man konnte es nicht mit dem Wagen erreichen. Der Verwalter bereitete also einen alten Karren vor, legte eine Wolldecke und einige Kissen hinein, die das gesamte Mobiliar seines Wohnzimmers ausmachten. An der Stelle der Peitsche steckte eine funkelnagelneue Fahne …

Diese Fahne hatte eine merkwürdige Geschichte. Als der Beduine eines Tages aus dem Souk zurückkam, hatte er auf der Höhe des Wadi Tassaout ein wundervolles schwarzes Auto gesehen; es sah aus, als käme es geradewegs aus dem Paradies, und der rechte Kotflügel war mit einer Fahne verziert. An der Brücke standen zwei Gendarmen, die den Weg für dieses Auto frei machten, indem sie Karren, Eseln und Fußgängern mit einer knappen Handbewegung bedeuteten, sich auf die Seite zu begeben. Die Leute waren von dem Anblick so beeindruckt, daß sie ebenso wie die Gendarmen Habachtstellung einnahmen. Ein königliches Schauspiel. Der Beduine beschloß also, auch seinen eigenen Karren mit einer Fahne zu schmücken. Natürlich erwartete er nicht, daß die Polizisten ihm einen Weg bahnen und ihn respektvoll grüßen würden, nein, nein; er wollte nur, daß sie ihm nicht mehr, wenn er eine Ziege oder ein Lamm verkaufte, einen Teil seines Verdienstes abverlangten. Daß sie ihn von jener endlosen Feilscherei befreiten, in deren Verlauf er sämtliche Marabuts und Propheten anrief und tausendmal

seine traurige Geschichte erzählte: Seine Frau war von außergewöhnlicher Häßlichkeit und wesentlich älter als er selbst; früher hatte sie vier Kühe, ein Kalb und einige Schafe besessen. Als er sie geheiratet hatte, hatte er – noch dazu in Anbetracht ihrer Magerkeit und ihres schlechten Zustandes – damit gerechnet, daß sie bald sterben und er endlich, wie er es sich immer erträumt hatte, ein *reicher Mann* sein würde. Doch dann war das Dorf von einer furchtbaren Seuche heimgesucht worden, die Kapital und Gewinn dahingerafft hatten. Statt sich seinen Traum zu erfüllen, hatte der unglückliche Beduine nur die Alte und ihre Kinderschar behalten.
Doch leider vermochte diese traurige Geschichte die Polizisten nicht mehr milde zu stimmen, wohingegen eine Fahne vielleicht ... wer weiß?

Sie setzten Mamaya zu dritt in den Karren. Der Verwalter ergriff die Zügel, Johara und der Beamte folgten zu Fuß. Die Felder der Umgebung schienen unter der glühenden Sonne dahinzusiechen. Mamayas einstiges Reich wurde von trockenen Hecken zerstückelt. Das Landstück, das ihr blieb, würde sie nie verkaufen. Ihre Vergangenheit würde sie sich nicht stehlen lassen. Und auch nicht jenen Bach, zu dem sie früher durch die Heudünen ging und an dem man so wunderbar träumen konnte. Zu jener Zeit wurden die Gersten- und Maisfelder nur durch den Horizont begrenzt; durch ein Flammenmeer, das auch ihren jungen Körper entzündete. Nein, sie würde den Aasgeiern, die sie umkreisten, nicht das geringste Fleckchen Land überlassen. Dort, wo einst der Weizen wuchs, würde man niemals Gurken anbauen!

Der Zug näherte sich dem *Typhushaus*. Mamaya bat den Verwalter, anzuhalten: Sie wollte es noch einmal betrachten. »Vielleicht zum letztenmal«, fügte sie halblaut hinzu. Es war ein abgelegener, kleiner Bau, der langsam verfiel. Die Vögel hatten die Löcher in der Fassade als Nistplatz genutzt, und die Vibration ihres Gesangs schien die Steine zum Leben zu erwecken. Hier hatte Merième in dem Jahr, als die Typhusepidemie wütete, zahlreiche kranke Waisenkinder eingesperrt. Jeden Morgen wusch man sie mit Eimern voll kaltem Wasser, daran erinnerte sich Mamaya genau. Es war ihr, ebenso wie ihren Geschwistern, strikt verboten, sich in der Nähe des Hauses aufzuhalten. Doch sobald sie unbeobachtet war, lief sie hin. An den Fenstern drängten sich abgemagerte Kinder mit kahlgeschorenem Kopf, die in ihrem Alter waren. Sie winkte und lächelte ihnen zu, um sie zu trösten. Eines Tages hatte sie ihnen sogar eine ihrer alten Puppen zugeworfen, doch die Idee war nicht so gut, wie sie gedacht hatte; aber wie hätte sie denn ahnen können, daß sie sich um diese Puppe streiten und sie im Handumdrehen zerfetzen würden. Jeder hatte sich ein Teil erobert: einen Arm, ein Bein, ein Auge, eine Haarsträhne ... Sie schrien alle durcheinander und prügelten sich. Mamaya war so schnell sie konnte davongelaufen. Die Schreie hatten sie noch lange verfolgt.

In der Nähe von Sidi Boulghmour hütete eine zerlumpte Schäferin drei Ziegen. Eine von ihnen war geschickt auf einen Olivenbaum geklettert, wo sie jetzt wie eine Seiltänzerin die jungen Triebe fraß; die beiden anderen waren weniger kühn und begnügten sich mit dem halbvertrockneten Gras, das am Fuß des Stamms wuchs. Als der Karren näher kam, entfernte sich die Schäferin. Mamaya war erleichtert, daß das Gerüttel ein Ende hatte. Der Beamte und der Verwalter halfen ihr beim Aussteigen.

»Die Mauern müssen wieder gekalkt werden«, sagte Mamaya zu dem Verwalter.

»Gut, Madame.«

»Kümmern Sie sich um die Feigenbäume. Seien Sie nicht faul, dann wird der Schatten des Marabut über ihre Kinder wachen.«

Die Kubba bestand aus zwei Räumen. In der Mitte des ersten erhob sich ein mächtiges Grabmal, in dem nur Sidi Boulghmour ruhte; es war von einem Katafalk aus grünem Stoff bedeckt, der zwar abgenutzt, doch sauber war; über die Leuchter war so viel Kerzenwachs gelaufen, daß man kaum noch etwas von dem Kupfer sah. Der zweite Raum war der Familie vorbehalten, an einigen Stellen hatten die Kacheln eine andere Farbe und ein anderes Muster, um die hier befindlichen Gräber zu kennzeichnen. Mamaya küßte mehrmals den staubigen Boden. Das Dienstmädchen und der Beamte folgten ihrem Beispiel.

»In dieser Ecke liegt mein Vater begraben«, sagte sie mit brüchiger Stimme. »Wenn ihr wüßtet, wie sehr er mir fehlt! Ich war sein Liebling, er nahm mich überallhin mit. Wir gingen zusammen zu Onkel Jean, dem französischen Offizier, dessen rechte Hand er war. Er hat mir das Klavier geschenkt, doch ich habe nie gelernt, darauf zu spielen. Nun! All das liegt weit zurück! Hier ist das Grab meiner Mutter. Merième. Ihre Enkel haben ihr den Namen Maman-du-bled gegeben. Ein hübscher Beiname, den wir Erwachsenen mit Freuden übernommen haben. Sie war eine schöne Frau, wißt ihr! Alle Militärs, die bei uns zu Hause ein- und ausgingen, waren in sie verliebt; das behauptete zumindest Hadda, das schwarze Dienstmädchen auf dem Hof. Unter diesem blauen Mosaik ruht mein Bruder Ghali. Er ist so jung gestorben. Der Alkohol, Herr Beamter, der Alkohol! Der schlimmste aller Feinde. Er trank von früh bis spät und konnte nicht aufhören. Und er verlangte immer mehr Geld. Das machte Maman-du-bled wahnsinnig! Doch ich liebte ihn sehr und gab ihm heimlich welches. Heute mache ich mir deshalb Vorwürfe. Ich habe vielleicht zu seinem frühen Tod beigetragen ... Adam, mein anderer Bruder. Hier, an dieser Mauer. Wir standen uns so nah. Er ist bei einem Autounfall umgekommen. Er war so lustig! Ein guter Mensch auf Erden ... und im Paradies sicherlich ein guter Toter. Wenn ich einst von dieser Welt abtrete, will ich hier begraben werden, unter dem Fenster. Ich werde das Licht so sehr brauchen! Neben mir mein ältester Sohn: Dieser Platz steht ihm zu, wenn man mir nicht auch noch seinen Tod raubt. Denn wissen Sie, sie stehlen einem auch den Tod. Auf der Präfektur habe ich eine Frau kennengelernt, deren Sohn auch verschwunden war, ebenso wie der meine. Im Gegensatz zu uns anderen suchte sie seinen Namen nicht auf der Liste der Freigelassenen, sie hielt sich abseits von dem Gedränge. Denn sie wußte Bescheid. Eine Mutter spürt so etwas. Sie verlangte nur seinen Körper, um ihn würdig und nach den Regeln des Islam zu bestatten. Doch niemand hörte ihr zu. Niemand verstand, daß diese kleine Frau mit dem grauen Gesicht und den herunterhängenden Armen in

ihrem Leib, ihren Brüsten, ihrem ausdruckslosen Blick, ihrem weißen Haar und der welken Haut, bis hin in die Fingerspitzen ganz allein den Schmerz der gesamten Menschheit trug. Wenn die Menschenmenge sich verlaufen hatte, setzte sie sich neben mich auf die weißen Marmorstufen. Und wir weinten gemeinsam. Man hat ihr ihren Jungen nie zurückgegeben, Herr Beamter. Selbst als Toter hatte er kein Recht auf Frieden. Oder auf Ruhe.«
Der Beamte brauchte dringend frische Luft und verließ unauffällig den Marabut. Der Verwalter kam herein und rollte in einer Ecke einen Teppich aus. Johara zündete auf jedem Grab Kerzen an und hockte sich neben ihre Herrin. So blieben die beiden Frauen allein, ohne ein Wort zu wechseln.

Draußen hatten sich die Männer im Schatten des Feigenbaums niedergelassen, unterhielten sich leise und rauchten. Als der Beamte die schwieligen Füße des Beduinen sah, spielte er, nicht ohne Ironie, auf die Geschichte mit dem Gift an. Die leicht verärgerte Antwort des Verwalters überraschte ihn, denn der bestätigte, daß er barfuß auf den Stoppelfeldern absolut nichts zu befürchten hätte: Seine Fußsohlen waren aus gutem natürlichem Leder, das dem der Babuschen eines Paschas in nichts nachstünde; oft genug hätte er schon einen Skorpion nur mit der großen Zehe zertreten. Dann zeigte er mit vor männlichem Stolz glänzenden Augen seinen übergroßen Zeh, als wäre es ein Phallus. Als zivilisierter Mensch lachte der Beamte laut auf ... doch eine Antwort blieb er schuldig. Durch die halbgeöffnete Tür drang das Sonnenlicht ein,

ein helles Rechteck teilte das Grab von Maman-du-bled in zwei Teile. Die Schaufel und die Spitzhacke, die an der Wand lehnten, schienen von Spinnweben überzogen. Wenngleich der Marabut für die Öffentlichkeit zugänglich war, bestand keine Gefahr, daß diese wertvollen Werkzeuge gestohlen würden: Selbst die ärmsten unter den Bauern empfanden diesen Dingen gegenüber eine abergläubische Hochachtung. Also mißtrauten sie ihnen zutiefst. Diese Werkzeuge auszuleihen, um einen Fluß umzuleiten oder einen Baum zu pflanzen, käme nach ihrer Auffassung einer Einladung der Leute »aus dem Jenseits« auf ihr Land, in ihr Haus oder in den Kreis ihrer Familie gleich. Nein, ein solches Risiko hätte niemand einzugehen gewagt!

Eine aufgescheuchte Maus störte die Stille des Ortes. Sie huschte durch den Raum, stieß gegen die gekachelten Wände und lief von einer Seite zur anderen: Nicht das kleinste Loch oder Möbelstück, hinter dem sie sich hätte verstecken können. Johara zog ihre Babusche aus und warf sie (erfolglos) in die Richtung des Tieres, das schließlich den Ausgang fand. »Minouche wäre sie nicht entkommen!« sagte Mamaya, die das Tier mit den Augen verfolgt hatte. Doch Minouche war kein Dienstmädchen.

Die beiden Männer saßen noch immer unter dem Feigenbaum und unterhielten sich. »Ein eigenartiger Baum, der Feigenbaum!« meinte der Beamte. »Wie ein riesiger Felsen, der in seinem Stolz erstarrt ist, fast wie ein Mineral. Schade, daß er keine Feigen mehr trägt!« – »Auch er wird alt«, gab der Beduine lakonisch zurück. »Doch obwohl er vertrocknet ist und keine Blätter mehr hat, zieht er noch immer eine ganze Kolonie von Grillen

an.« – »Aber die hören nur die Städter, Monsieur. Für uns ist ihr Gesang ein Teil der Stille.«
Oberhalb des Dickichts, das Sidi Boulghmour umgab, tauchten drei kleine Köpfe auf. Sie wurden von einer Hündin mit gespitzten Ohren, aufgerichtetem Schwanz und räudigem Fell begleitet. Die Kinder pirschten sich vorsichtig heran, sie stießen einander an, um sich gegenseitig Mut zu machen. Sie lächelten. Und dieses Lächeln verlieh jenem dem Tode geweihten Ort einen Hauch von Leben. Der Beduine beobachtete sie mit einem Auge, mit dem anderen hielt er bereits nach einem Stein Ausschau, der dem kleinen Schlaukopf zugedacht war, der es wagen würde, dem Karren allzu nahe zu kommen.
Mamaya sah sie durch die halbgeöffnete Tür näher kommen.
»Diese Kinder haben Hunger«, brummte sie.
»Glauben Sie, Madame?«
»Aber natürlich haben sie Hunger, Johara. Sieh nur, wie blaß sie sind!«
»Aber wir können ihnen doch nicht die Fladen geben. Sie sind für unser Mittagessen gedacht, Madame!«
»Aber ja, mein Mädchen, wir werden ihnen sehr wohl die Fladen geben. Wir haben doch auch Olivenöl mitgebracht, nicht wahr?«
»Ja, Madame.«
»Also, gib ihnen etwas.«
Johara erhob sich widerwillig und ging zu dem Karren. Die Sonne brannte gnadenlos, nicht ein Windhauch bewegte die Fahne des Beduinen. Die Kinder waren vorsichtig und hielten sich in gebührendem Abstand. Einige Spatzen, die ein Festmahl witterten, gesellten sich

zu ihnen. Johara packte den Korb aus, goß Öl in einen tiefen Teller, tauchte die kleinen Grießfladen hinein und verteilte sie an die Kinder, die ihr genüßlich zusahen. Sobald jeder seinen Fladen bekommen hatte, machte sich die ganze Bande eilig aus dem Staub.

Kurz darauf winkte Mamaya den Verwalter heran. Der spuckte in die Hände, machte seinen Zigarettenstummel naß, ehe er ihn wegwarf, und blieb an der Tür stehen.

»Komm nur herein«, sagte sie. »Und bring die Spitzhacke und die Schaufel mit.«

Verwundert gehorchte der Verwalter. Jetzt trat auch Johara ein und wischte sich die Hände an ihrem Haik ab. Der Beduine warf ihr einen fragenden Blick zu.

»Fang hier an zu graben!« befahl Mamaya in gebieterischem Ton.

Er zögerte und wandte sich erneut zu dem Dienstmädchen um. Johara senkte den Blick.

»Los, los, wir haben keine Zeit zu verlieren!«

»Aber, Madame ...«, beunruhigte sich Johara.

»Grab, habe ich gesagt!« beharrte Mamaya, ohne das Dienstmädchen eines Blickes zu würdigen.

Durch die Stimmen angezogen, betrat jetzt auch der Beamte den Raum. Sein Schatten fiel auf das Grab von Maman-du-bled. Der Verwalter hatte die Ärmel aufgekrempelt und machte sich an die Arbeit. Mit ihrem kräftigen Körper schützte Johara ihre Herrin vor den fliegenden Erdbrocken, die eventuell durch die Luft fliegen könnten.

»Ich hoffe nicht, daß dieses Loch für mich gedacht ist«, wagte der Beamte zu bemerken.

Doch der Scherz brachte niemanden zum Lachen.

»Keine Sorge, Herr Beamter, wir brauchen Sie noch für die Rückfahrt!«
Über Mamayas Gesicht zog ein kleines trauriges Lächeln, und sie fuhr fort: »Es ist das Grab für meinen Sohn.«
»Aber, Madame«, stammelte das Dienstmädchen, »im Augenblick ist der Abwesende nur abwesend!«
»Wem sagst du das, meine gute Johara!«
»Er ist nicht tot, Madame. Warum sollte man also ein Grab für ihn schaufeln?«
»Meine Tage sind gezählt. Ich kann nicht länger warten, Johara.«
»Unser aller Lebensdauer liegt in den Händen des Herrn, Madame. Das haben Sie mir so oft gesagt.«
»Sicherlich liegt sie in Gottes Hand. Doch ich weiß, daß sie nicht mehr lang ist. Vielleicht sogar kürzer, als man meint.«
Mamaya starrte auf den Schatten des Beamten, der noch immer auf das Grab ihrer Mutter fiel.
»Ah, ich verstehe!« sagte das Dienstmädchen, »Sie fürchten, daß irgend jemand den Platz des Abwesenden einnehmen könnte! Die Familie ist so groß ...«
»...«
»Nicht wahr, Madame, Sie haben Angst, daß jemand seinen Platz einnehmen könnte.«
»Nein, Johara. Ich will meine Brust dort begraben. Diese arme Brust, die Doktor Perez und dich so sehr beunruhigt hat.«
Aus Respekt Madame gegenüber senkte Johara den Kopf und hob nur ein wenig die Augenlider, während diese weitersprach; ein leichtes Lächeln umspielte ihre Lippen.

»Siehst du«, fuhr die alte Dame fort, »selbst wenn ich so getan habe, als würde ich nichts merken, habe ich euer Geschwätz im Eingang erraten. Ah, der gute Monsieur Perez! Er war immer ein Dummkopf. Dir könnte man noch mildernde Umstände zugestehen, du warst nie eine Leuchte. Aber er! Ich habe mich oft gefragt, wie er sein Medizinstudium geschafft hat ...«
Johara nickte mit reumütiger Miene. Mamaya öffnete ihre schwarze Handtasche und zog die Plastiktüte hervor.
»Eine schöne Erfindung, das Plastik! Seht ihr, es riecht nicht nach Tod. Die Muttermilch ist unsterblich. Diese Brust, das Relikt meines Helden, wird lebendig begraben. Man hat mir sein Leben gestohlen, doch ich werde sie daran hindern, mir seinen Tod zu stehlen!«
Joharas Hände ruhten auf den Knien, und sie hielt den Blick auf ihre Babuschen gesenkt.
»Ja, mein Sohn ist ein Held. Und dieses Gesindel will mir auch die Erinnerung an ihn nehmen. Als würde ihnen sein Leben, das sie zwanzig Jahre lang in der Wüste eingemauert haben, das Feuer, das während dieser Zeit meine Eingeweide verschlang, nicht ausreichen. Aber das werde ich verhindern, hörst du! Seine Erinnerung werden sie nicht bekommen! In den Grabstein des Kleinen werde ich gravieren lassen: ›Hier ruht mein Held. Er hat das Verbrechen begangen, an die anderen zu denken.‹ Und es wird ein riesiger Grabstein sein. Es macht nichts, daß die Leute hier in der Gegend nicht lesen können. Der Tag wird kommen, an dem alle, groß und klein, reich und arm, lesen und schreiben können ... Dann werden sie wissen, daß mein Held für sie gekämpft hat. Und an diesem Tag wird er vielleicht

– Gott möge mir verzeihen! – ebenso verehrt werden wie der heilige Mann, der im Raum nebenan ruht. Dann werden sich die blutbesudelten Hände seiner Henker hüten, seinen Marabut zu zerstören, so wie sie sein Leben zerstört haben.«
Der kräftige Beduine widmete sich schweißüberströmt seiner Arbeit, er wagte es nicht, ein Wort zu sagen. Johara begann leise zu weinen. Nein, sie weinte nicht um diese Brust, die man bald beisetzen würde, sie weinte um ihre alte Herrin, die zweifellos den Verstand verloren hatte.
»Hör auf!« schrie Mamaya plötzlich. »Hör auf, an dieser Stelle zu graben!«
Der Beduine gehorchte.
»Mein Gott, wie habe ich das nur vergessen könne! Dies ist nicht der richtige Ort für meinen Kleinen. Weiter, weiter! Dahinten in der Nähe des Fensters. Er braucht das Licht mehr als ich. Es macht nichts, dann nehme ich eben seinen Platz.«
Der Beduine nickte, ohne mit der Wimper zu zucken, ging zum Fenster und machte sich wieder an die Arbeit.

Es war vier Uhr nachmittags. Das Sonnenrechteck hatte jetzt Mamayas Knöchel erreicht. Das Wachs der auf den Gräbern aufgestellten Kerzen floß über den Boden. Johara steckte neue Votivkerzen auf und fügte, ohne ihre Herrin zu fragen, eine weitere für die frisch ausgehobene Grube hinzu. Dann ging sie nach draußen, um einige Olivenzweige zu schneiden, aus denen sie einen Besen machte, und begann, den gekachelten Innenhof von Sidi Boulghmour zu fegen: Sie saß nicht gerne tatenlos herum. Der Beduine wischte sich den Schweiß ab und war-

tete auf neue Anweisungen. Ein leichter Wind ließ die bis dahin unbeweglichen Flammen flackern. Jetzt begann sich auch die Fahne auf dem Karren zu regen. Als die Schäferin auf den Beamten zukam und ihn um Wasser bat, holte der Mann den Krug aus seinem Roßhaarsack und goß Wasser in den Topf. Neugierig näherte sie sich dem Raum, steckte schüchtern den Kopf durch die Tür und grüßte. Ihr Blick fiel sogleich auf die Plastiktüte, die offensichtlich Fleisch und Blut enthielt. Argwöhnisch musterte sie den Beduinen, dann Johara und schließlich Mamaya, die sie auf der Stelle erkannte. Verwirrt zog sie ihre lehmbespritzten Babuschen aus und lief auf die Dame zu. Sie küßte die Innenfläche und den Rücken ihrer Hände. Welche Ehre für das Dorf, Lalla Mina wiederzusehen! Es ist schon so lange her! Wenn die Leute es gewußt hätten, wären sie sicherlich gekommen, um sie zu begrüßen! Sie dürfte auf keinen Fall in die Stadt zurückkehren, ohne ein Dutzend frische Eier, ein Bund Anis und einen Krug Molke mitzunehmen. Mamaya lächelte. Mit einer müden Geste zog sie die Hand zurück, die die Beduinin noch immer festhielt. Diese wandte sich, noch immer auf Knien, zu der Dienerin um und machte ihr ein Zeichen des Einverständnisses: »Nein, ich habe nie eine Plastiktüte mit einem zerstückelten Baby gesehen!«
Sicherlich hatte dieses arme Baby keinen Vater. Außerdem kamen alle Kinder, die Gott zu sich rief, ins Paradies ... Und unter Frauen mußte man schließlich zusammenhalten ... Vielleicht war es ein Fehltritt innerhalb der Familie, den es zu verbergen galt! Diese jungen Mädchen aus der Stadt hatten wirklich nichts im Hirn!

Sie liefen überall herum und ließen sich vom Erstbesten schwängern, und immer kam den Alten die schwierige Aufgabe zu, das nicht Wiedergutzumachende wiedergutzumachen. Wegen der Ehre natürlich. Wie dem auch sei, auf ihre Verschwiegenheit konnte man sich verlassen: Sie hatte nie Sidi Boulghmour betreten und auch ihre Schafe nicht in der Gegend gehütet. Sie erhob sich, ging rückwärts zur Tür und verschwand. Mit einer unwilligen Geste wandte sich Johara zu Mamaya um und meinte:
»Wie dumm doch diese Bauern sind!«

Die Herrin und die Dienerin ließen sich am Rand der Grube nieder. Je dunkler es draußen wurde, um so geheimnisvoller wurde das Licht der am Boden verteilten Kerzen. Der Karren, der draußen im Schein der untergehenden Sonne stand, schien jeden Augenblick in Flammen aufgehen zu wollen. Das Maultier schlug den kotigen Schwanz gegen seine Flanken. Der Horizont verlor sich in der Wüste, in der Ferne nahm man die verschwommenen Umrisse eines vorbeifliegenden Adlers wahr. Wie zu Ehren der Milch, die hier begraben wurde, flatterte jetzt die Fahne des Beduinen im Wind. Im Inneren des Marabut verfinsterte sich Mamayas Blick. Die Nacht nistete sich in ihren Augen ein, und ihr Gesicht schien plötzlich tausend Jahre alt, als habe mit einem Schlag die Zeit ihre Spuren hineingegraben. Wie hatte sie, die sonst so weitblickend war, nur das Wichtigste vergessen können? Das Leichentuch ist heilig. Ihr Fleisch in einem Stück Plastik zu begraben, wäre eine furchtbare Schändung … Der liebe Gott würde eine solche Nachlässigkeit nicht hinnehmen. Eine von ihr verschuldete Nachlässigkeit. Um sie zu bestrafen, würde er womöglich seinen Zorn über die Seele ihres Kleinen ergießen! Das wollte sie nicht. Sollte Er nur ihre Seele nehmen, sollte Er sie den gestrauchelten Engeln zum Fraß vorwerfen, sollte Er sie quälen, wie Er wollte, mochte Er es zu einem Sündenfall erheben, mochte Er sich für immer von ihr abwenden, nur Gnade, was ihren Sohn betraf: Möge Er die Seele ihres Kindes verschonen.

»Bringt mir ein Laken, ein sauberes Laken!«

Das Dienstmädchen lief zu dem Karren und suchte; erfolglos!

»Ein Stück Stoff, mein Gott, egal was!«

Johara bot ihr ein Stück ihres Haiks an. Mamaya lehnte ab. Also ging Johara zu dem Beduinen, der im Hof auf und ab ging. Unter dem blutroten Himmel wirkten sie wie zwei wandelnde Schatten. Mamaya wurde ungeduldig.

»Wir finden nichts, Madame, nichts außer meinem Haik oder dem Hemd des Beduinen, doch das ist schweißdurchtränkt, außer wenn der Herr Beamte bereit wäre, seine Jacke ...«

»Das kommt nicht in Frage«, warf dieser, vom langen Warten verbittert, ein ...

»Und meine Fahne«, schlug der Beduine schüchtern vor. »Sie ist wirklich sauber, Madame!«

Mamaya stimmte zu.

Der Mann ging, um sie von der Fahnenstange abzunehmen, und brachte sie ihr.

»Danke, mein Freund. Diese Fahne ist ein gutes Leichentuch für meinen Kleinen. Ich werde es nicht vergessen.«

Sie legte sie auf den Boden, die Plastiktüte darauf und verknotete die vier Ecken. Die Zacken des Sterns umschlangen ihre Brust. Die Plastiktüte schien gerissen zu sein, denn sogleich ergoß sich Blut über die Fahne. Der ganze Raum stank nach verwestem Fleisch. Angewidert von dem fauligen Geruch trat der Beamte den Rückzug an. Mamaya aber und das solidarische Dienstmädchen schienen nichts zu riechen.
»Kommen Sie wieder zu Verstande, Madame«, bat der Beamte. »Sie beschmutzen die Nationalflagge mit diesem Stück verwestem Fleisch.«
Johara, deren Kehle zusammengeschnürt war, warf ihm wütend einen vernichtenden Blick zu. Der Beduine befürchtete das Schlimmste und entfernte sich.
Nachdem Mamaya eine Weile geschwiegen hatte, als suche sie ihren Worten mehr Gewicht zu verleihen, sagte sie schließlich:
»Kommen Sie näher, Herr Beamter. Soll ich Ihnen sagen, was dieses Stück verwestes Fleisch ist?«
»Seien Sie nicht böse, Mamaya! Aber in der Armee habe ich viele Männer getroffen, die bereit waren, für diese Fahne zu sterben. Die Nationalflagge ist heilig!«
»In diesem Fall, Herr Beamter, hat ein ungeheuerlicher Zufall sie mir zugeführt. Mein Abwesender war auch beim Militär, und das Leichentuch eines Soldaten ist die Fahne. Aber das ist unwichtig ... Was ich hier begrabe, ist meine Zärtlichkeit. Denn was ist die Brust einer Frau, die Brust einer Mutter? Ein Übermaß an Küssen, Umarmungen, Tränen und Zärtlichkeiten ... Kurz, das Glück. Aber wissen Sie, Herr Beamter, eigentlich, was das Glück ist?«

Der Beamte antwortete nicht. Er lehnte an der geöffneten Tür und schien in seinem Schatten gefangen, der noch immer auf das Grab von Maman-du-bled fiel.

»Die kleinen Händchen eines Babys umschließen die Brust einer Mutter, wissen Sie, was das bedeutet? Eine zarte Wange an der Brust? Ein Atemzug, eine Wimper, die vorbeistreift, gierige Lippen, die ein wenig in die Brustwarzen beißen oder sie kitzeln, die frische Milch, die auf das Gesichtchen des Sohnes spritzt, das ist Zärtlichkeit, Monsieur! Zärtlichkeit! Aber ihr Männer versteht nichts davon. Ein Stück verwestes Fleisch, sagen Sie! Sie irren sich, Monsieur, dies ist meine Brust, die schönste Frucht meiner selbst. Eine Frucht, die man mir zu früh entrissen hat. Wie mein Kind, Herr Beamter. Wie mein Kind. Verwestes Fleisch, sagen Sie? Ich verbiete Ihnen, diese Worte auszusprechen, ich verbiete Ihnen, sie auch nur zu denken! Nicht unter meinem Dach, Herr Beamter. Nicht unter meinem Dach.«

Das Licht der Kerzen spiegelte sich in den Augen der Dienerin. Wo waren ihre Tränen? Die eigenartigen Worte ihrer Herrin klangen wie ein Gebet. Ein Totengebet.

Draußen breitete sich die Dunkelheit aus. Die Stille, nunmehr dem Gesang der Zikaden und Grillen und dem Summen der Fliegen beraubt, schien düster wie die Nacht.

Auf dem Grab von Maman-du-bled schwankte der Schatten des Beamten, Mamaya konnte den Blick nicht von dem Bild abwenden. War dieser übergroße Schatten die finstere Silhouette der Nacht? Unter Aufbietung aller Kräfte kniete sie nieder, beugte sich über das Bündel und küßte es. Dann sog sie den Weihrauchduft, der von dem feuchten Boden aufstieg, tief in sich ein. Dieser Begräbnisduft enthüllte vor ihr die finstere Tür, jene Treppe, die ins Zentrum ihres Bewußtseins führte. Sie führte hinab, wie in ihrem Traum. Die zaudernde Silhouette folgte ihr, glitt über die Stufen, ergoß sich über die Kanten. Sie folgte ihr. Das Geländer war glatt und eisig wie eine tote Schlange. Unten glühte, wie das Auge des Todes am Grunde eines Brunnens, ein Licht auf. Der Wind trug ihr ein vertrautes Echo zu. Je tiefer sie hinabstieg, desto klarer wurden die undeutlichen Stimmen: Man hätte meinen können, daß alle Manen ihrer Vorfahren zum Leben erwachten, um sie zu begrüßen. Sie hielt nach der Silhouette des Lebens Ausschau, die sie begleitete. Vergeblich. Das Licht, das jetzt grell geworden war, hatte sie verschlungen. In diesem Augenblick entdeckte sie die unterirdische Menschenmenge, die sich um ein Feuer versammelt hatte. Waren es Männer? Waren es Frauen? Ihre langen Haare fielen wie Kaskaden auf den lehmigen Boden hinab und waren miteinander verworben wie ein Teppich aus Halfagras. Sie ging mit bloßen Füßen auf sie zu, ihren Tod trug sie in den Händen wie eine Opfergabe. Von der Decke, an der unzählige Kerzen hingen, tropften wächserne Tränen. Glühende Tränen. Ihr Gesicht und ihre Hände waren davon überzogen, sie waren ganz weiß. Doch sie empfand keinerlei Schmerz. Die um das Feuer versammelte Runde, die in die Flammen blies, rückte auseinander. Mamaya reihte sich ein. Eine Stimme ertönte:

»Wirf deine Brust hinein, Mamaya.«

Jetzt überkam sie Angst. Sie weigerte sich.

»Fürchte dich nicht. Deine Brust ist nur noch ein Schatten, das Feuer wird ihr nicht wehtun.«
Zitternd preßte sie das Bündel in ihren Schoß.
»Wirf es weg! Das Feuer ist deine letzte Chance, der letzte Ausweg, den es gibt. Läutere deine Seele, wasch sie von allen Sünden rein!«
Mamaya versuchte, sich von der grauen Menge loszureißen. Doch ihr eigenes Haar hatte sich mit den Mähnen der Toten verwoben und waren in die Orgie eingebunden. Sie kämpfte mit aller Kraft, ihre Nägel hatten sich in ihre Brust gekrallt: Dieses Fleisch von ihrem Fleisch würde sie nicht den Phantomen überlassen. Weitere Schatten kamen dazu, vor ihnen hörte man die Yuyus. Eine Unzahl von lebendigen Toten. Sie stimmten einen Vers aus dem Koran an, immer denselben. Weihrauchgefäße wurden durch die Luft geschwenkt. Der brennende Alaun machte die Luft so stickig, daß man kaum mehr atmen konnte. Aus dem Rauch sprangen zerlumpte Frauengestalten und stürzten sich auf die Runde. Mamaya schloß die Augen. Ihr Schweiß mischte sich mit der Asche, dem Wachs und ihrem Blut. Ein dickflüssiger Schlamm lief über ihr Gesicht, ihre Arme und ihre Hände; sie war ganz damit bedeckt: Schlamm, der sich auf dem Teppich ausbreitete und um sie herum brodelte wie ein harziger Sumpf. Sie glitt tiefer und tiefer hinein und versuchte sich zu verstecken. Eine altvertraute Stille (dieselbe, die sie als Kind so sehr geliebt hatte, wenn sie in das klare Wasser des Wadi Tassaout tauchte), umgab sie. Sie hätte nie wieder auftauchen, für immer dort bleiben wollen. Die Phantom-Frauen vereinigten sich mit den Geistern, so daß der Schatten, der sie umgab, noch dich-

ter wurde. Sie hielt den Atem an, ihr Herz schien sich zu verflüssigen, es erfüllte ihre Brust, ihren Kopf und ihren Leib, es hämmerte in ihrem ganzen Wesen. Aus dem Nichts war ein feuchtes Röcheln aufgetaucht, das sich ihr näherte. Sie erschauderte. Rauhe Zungen begannen sie abzulecken und stahlen ihr den Geschmack ihrer Vergangenheit. Sie fühlte sich völlig nackt, allem beraubt. Daran konnte auch das wassergetränkte Taschentuch, das Johara auf ihr Gesicht legte, nichts ändern.

Die alte Frau seufzte.

Ihre Augen waren trocken. Doch sie weinte. An der Quelle umgeleitet, floß der Strom ihrer Tränen in ihre Kehle, sie spie bittere Zähren auf ihr eigenes Schicksal, in das Gesicht jener Männer, die ihr ihr Kind genommen hatten, und auf die unbarmherzige Menschheit, die dies zugelassen hatte. Sie beweinte das verschwörerische Schweigen und das Vergessen. Die Lüge des Vergessens. Sie beweinte diese Nacht, die erst begann. Diese unendliche Nacht, die sie ganz allein würde durchstehen müssen.

Der Beamte kam zu ihr und küßte ihr, ohne ein Wort zu sagen, respektvoll die Hand.

»Sehen Sie, mein Junge, ich gebe nur dem dieses Stück Fleisch zurück, der es mir anvertraut hat. Es gibt so viele Dinge, die wir nicht begreifen! Und die Erinnerung ist so zerbrechlich. Selbst wenn wir unsere Herzen öffnen, finden wir kaum den Schatten eines Gefühls, die leiseste Spur einer Erinnerung. Also nichts. Dabei weiß ich genau, daß die Asche meines Glücks da, in dieser armseligen kleinen Brust ist. Manche glauben, der Schmerz

mache Falten, lasse das Haar weiß und den Blick trübe werden; für mich ist er ein Kokon, den die Ewigkeit um uns herum spinnt ... Verwestes Fleisch, Herr Beamter? Nein, mein Junge. Es ist der Schmerz.«
Dann fuhr sie, die Augen auf das Bündel gesenkt, leise fort: »Nimm dich meines Schmerzes an, schöne Fahne. Er ist mein Kind ... Er ist auch dein Kind.«
Ehe sie das Bündel dann in die Grube legte, drückte sie einen langen Kuß auf seine letzte Ruhestätte.
»Wir müssen zurückfahren, Madame«, sagte das Dienstmädchen. »Es ist schon dunkel, und wir haben noch einen langen Weg vor uns. Denken Sie an Ihre Krankheit.«
Der Beamte nickte.
»Später ... später«, murmelte Mamaya. »Meine Krankheit und ich, wir haben gelernt, miteinander zu leben. In Frieden und Harmonie. Ich hindere sie nicht am Fortschreiten, und sie läßt mich von Zeit zu Zeit Luft holen. Doch dieses Luftholen ist bei weitem kein Segen. Wenn mein körperliches Leiden schlummert, erwacht ein anderes, viel schlimmeres, denn es ist seelischer Natur. Bald wird es mich für immer hierher bringen. Mit offenen Augen und Armen und mit offenem Herzen werde ich ihm folgen. Hörst du Johara? Ich werde ihm folgen.«
»Madame ...!«
»Hör auf zu weinen, Kleine. Wenn ich endlich bei den Meinen unter der Erde liege und sich meine Knochen mit den ihren vermischen, dann kannst du mich besuchen. Du kannst deine Tränen auf meine sterblichen Überreste vergießen. Alle Deiche und Festungsmauern, die ich um mich herum errichtet habe, werden in Schutt

und Asche liegen. Nichts hindert dich daran, mich zu beweinen. Meine erloschenen Augen werden deine Gedanken und selbst deine Worte nicht mehr ersticken können. Hab Geduld, mein gutes Kind, warte noch ein wenig … Bald kannst du frei und offen mit mir schimpfen. Später … später.«

Gerührt beugte sich das Dienstmädchen vor, um den Kopf ihrer Herrin zu küssen. Dann nahm sie all ihren Mut zusammen und stammelte:

»Unter dem Teppich sind die Kacheln noch unberührt, es bleibt ein kleiner Platz … Sagen Sie, Madame, würde es Sie sehr stören, wenn man mich … sobald meine Zeit gekommen ist, in dieser Ecke begraben würde?«

# Glossar

| | |
|---|---|
| *Babusch* | Pantoffel, Schlappen |
| *Dschellaba* | langes Gewand der Araber mit Kapuze |
| *Dschinn* | böser Geist |
| *Haik* | mantelartiger Überwurf mit Schleier |
| *Kif* | Blätter der weiblichen Hanfpflanze, deren Genuß zu rauschähnlichen Zuständen führt |
| *Kubba* | kleiner, gewölbter Grabbau |
| *Maman-du-bled* | Mama aus dem Hinterland |
| *Marabut* | Grabstätte eines Heiligen oder der Heilige selbst |
| *Muezzin* | Gebetsrufer |
| *Souk* | Markt |
| *Wadi* | Flußbett in der Wüste, das nur nach heftigen Regenfällen Wasser führt |
| *Yuyu* | schrilles Zungenträllern |

Knaur

Starke Seiten für Frauen

(65092)

(65070)

(65068)

(65048)

(65031)